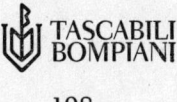 TASCABILI BOMPIANI

BEST SELLER

198

Sandro Veronesi
Per dove parte
questo treno allegro

Realizzazione editoriale: ART Servizi Editoriali s.r.l. - Bologna

ISBN 88-452-4804-6

© 1988 Edizioni Theoria s.r.l., Roma - Napoli

Edizione su licenza temporanea
DELLA CASA EDITRICE THEORIA
© 1991/2001 RCS Libri S.p.A.
Via Mecenate 91 - 20138 Milano

II edizione Tascabili Bompiani aprile 2001

*Io sono il figlio e l'erede
di nulla in particolare.*

The Smiths

Il babbo splendeva in un abito grigio, i capelli grigi e fini sollevati dal vento, le braccia dondolanti lungo il corpo in quel modo che faceva sembrare il suo passo sempre frettoloso. Non lo vedevo da quasi un anno, e trovai che somigliasse piú del solito a Robert Mitchum, ma forse era la consapevolezza di vederlo sconfitto a ingigantire la somiglianza. Del resto quelle palpebre pesanti e quella fossetta sul mento lo avevano sempre fatto somigliare a Robert Mitchum, fin dalle foto della sua giovinezza sparse nei cassetti, e se adesso lui pareva molto invecchiato anche Mitchum lo era, e le loro due facce continuavano a confondersi nella medesima bellezza, solo piú anziana.

Una volta, addirittura, la cameriera di un Mottagrill gli aveva chiesto un autografo. Io ero piccolo e la mamma mi stava sgridando in inglese, forse fu per quello che la cameriera si confuse. Ricordo con quanta ammirazione ci guardava, tutti e tre, mentre il babbo si cavava d'impiccio scrivendo su un sottobicchiere le sue iniziali, R. M., cosí da non deluderla ma nemmeno mentirle. E mi è capitato molte volte di pensare alla cura con cui dev'essere stato conservato quel sottobicchiere, alla quantità di persone cui le cifre di mio padre, negli anni, saranno state mostrate.

Dietro al babbo arrancava un facchino, che trasportava una grossa valigia scozzese. In quella valigia, pensai, dovevano esserci piú o meno tutte le sue cose, ciò che adesso rimaneva della sua intera vita. Si poteva ben credere che gli fosse parsa troppo pesante per trasportarla da solo. Ma la presenza di quel facchino, io lo sapevo, non dipendeva da una semplice faccenda di chili, mi era anch'essa familiare, perché dietro a mio padre avevo sempre visto facchini, giardinieri, custodi, palafrenieri, autisti, intenti a trasportare le cose sue. Era il grande orgoglio della sua vita, quello d'aver fatto lavorare tanta gente.

L'unica volta in cui lo avevo visto faticare per trasportare qualcosa da solo, del resto, rimaneva l'immagine piú cara che avevo di lui, la piú umana, la meno autoritaria e distante. Un ricordo di lui che valeva la pena tenersi stretto. La mamma se n'era appena andata di casa dicendo quell'unica frase, «Mi dispiace, questa volta è una cosa seria», pronunciata nel suo terribile accento danese. E io stesso, che all'epoca avevo quattordici anni, mi ero sentito umiliato dalle sue parole, perché se quella era una cosa seria voleva dire che lei, mia madre, non aveva ancora dato importanza al continuo di tradimenti, fughe e scelleratezze commesse fino ad allora. A maggior ragione mi ero vergognato vedendo che il babbo non s'infuriava nemmeno quella volta, non la picchiava né faceva nulla per trattenerla, e sul momento ebbi la definitiva conferma di ciò che avevo sempre sospettato: mia madre era una donna assolutamente sconsiderata, e mio padre era un uomo di pietra. Invece, dopo due giorni, il babbo rincasò trascinando quel grosso orologio a pendolo, e non c'era nessun facchino assieme a lui. Lo vidi mentre lo sistemava nel salotto, sempre da solo, mentre lo spostava impercettibilmente contro la parete, fissandosi a guardarlo da varie distanze. Quando ebbe trovato la posizione giusta durò un pezzo a contemplarselo, lui che aveva sempre disprezzato l'antiquariato e quel modo frivolo che aveva la mamma di interessarsene. E mentre lui guardava l'orologio io guardavo lui, di nascosto, attraverso la balaustra di legno della scala. Poi, quando se ne fu andato, mi misi io al suo posto a osservare l'orologio, da vicino, da lontano, come avevo visto fare a lui. Sulle prime non notai nulla di particolare, nulla che giustificasse lo strano comportamento di mio padre, ma dopo un po', d'improvviso, sotto la lancetta dei secondi che girava e riempiva con i suoi scatti il silenzio della stanza, vidi la scritta al centro del quadrante: « *Ognuno reca dolore e l'ultimo uccide* ». Questo fu quando la mamma se ne andò da casa. Dieci anni dopo, piú o meno allo stesso modo, anch'io avevo abbandonato mio padre.

In mezzo alla gente, nel frastuono dei treni, ci abbracciammo. Ora, pensai, anche l'orologio non c'era piú. Un uomo sostituisce la moglie con una scritta e poi non riesce a trattenere neanche quella.

— Sai di albicocca — furono le sue prime parole. Aveva un'aria distesa, rilassata, la faccia leggermente abbronzata. A furia di spostarsi tra pretura, tribunale fallimentare e ufficio del curatore doveva aver preso un po' di sole.

— Dev'essere lo shampoo — dissi —. Ma non è albicocca, sono mele verdi.

Mi annusò.

— L'odore è quello dell'albicocca — ripeté.

Non sapevo già piú cosa dire. Il facchino mollò in terra la valigia scozzese, e il babbo gli allungò una banconota da diecimila lire. Sollevai la valigia e mi avviai verso l'uscita. Era pesante per davvero. Mi sforzavo di mostrarmi tranquillo anch'io, ma lui era troppo piú allenato di me a fingere di essere come non era. Tutta una vita. Se non pensavo piú al pendolo mi veniva in mente soltanto che mio padre, vicino a me, era un uomo finito, era vecchio e il suo futuro, con tutto l'ottimismo di questo mondo, si presentava senz'altro drammatico. Eppure lui continuava a lanciare sguardi nella cavità della galleria, verso chioschi di bibite e cartelloni pubblicitari, con l'aria di chi ci volesse apportare delle migliorie.

– Allora, come va? – chiesi, quando fummo all'aperto –. Sembri in gran forma.

Mi guardò come guardava la mamma, quando portava a casa qualche nuovo mobile antico, e gli chiedeva un parere.

– Un po' preoccupato per la situazione nel Mediterraneo.

Cosí mi rispose.

Nel viaggio in taxi fino a casa mia fu come se l'afa si sommasse all'imbarazzo per impedirmi di aprire bocca. Gli incroci si succedevano, si susseguivano i semafori, le svolte, ed io non riuscivo a parlare. In giro nessuno ricordava giornate cosí calde, aria cosí stagna, tanta umidità. Erano le otto di sera e sfilavamo per strade quasi vuote, popolate soltanto da turisti e mezzi pubblici. Osservavo i tanti stranieri in visita per la città, come davvero mi importasse di loro. Alcuni avevano l'età di mio padre, e li sorprendevo ritti davanti a certi monumenti, in calzoncini corti e canottiera. Anche mio padre soffriva il caldo, e sudava, eppure l'ultima cosa che avrebbe fatto era presentarsi per strada con le cosce nude, o anche soltanto senza calze dentro le scarpe. Mi chiesi in che cosa, esattamente, lui fosse diverso da loro. Aveva anche la cravatta.

Mentre attraversavamo l'isola Tiberina fu lui a rivolgermi la parola. Ma non fu per commentare l'afa o la sporcizia del Tevere, come uno poteva aspettarsi. S'infilò una mano in tasca, ne cavò un biglietto e me lo porse.

— Ti faccio un gioco — mi disse —. Scommetto che non sai leggere l'italiano.

Io presi il biglietto e rimasi fermo, cosí, senza sapere bene cosa rispondergli.

— Leggi quel biglietto — incalzò —. Aprilo e leggilo, ad alta voce. Dimmi cosa c'è scritto esattamente. Fai molta attenzione, perché scommetto che ti sbaglierai.

Aprii il biglietto e lessi quello che c'era scritto. Una frase assurda, mi parve, campata in aria. La calligrafia, comunque, era la sua.

— Che significa? — domandai.

— Avanti, leggi. A voce alta. Attentamente.

— « Il dormiveglia è il giardino dei sogni ».

— Sei sicuro? Ci scommetteresti sopra?

Riguardai il biglietto, lo rovesciai, per controllare se ci fosse scritto qualcos'altro da leggersi in senso inverso.

— Controlla bene, con calma — insisté.

Verificai che non ci fossero errori di ortografia, magari nella parola « dormiveglia ».

— « Il dormiveglia è il giardino dei sogni » — ripetei. C'era scritto cosí, sul biglietto.

— Beh, hai perso — disse il babbo —. Non c'è scritto cosí.

Si riprese il biglietto, lo guardò di nuovo, sorrise.

— È un bel gioco. Intelligente, astuto — commentò —. Non ci se ne accorge proprio. Me l'ha insegnato un tale sul treno. L'ha fatto a tutti, nello scompartimento, e tutti ci siamo cascati.

Mi riuscí difficile immaginarmi la scena, mio padre coinvolto in gioco tra sconosciuti su un treno.

– Un ragazzo – continuò –. Pensa, era dovuto correre dalla fidanzata, non so dove, per accompagnarla a uccidere un dobermann. Gliel'aveva regalato lui quando si erano conosciuti e proprio adesso che stanno per sposarsi il cane è impazzito. Il cervello gli si era gonfiato dentro la testa, gli si è compresso contro la scatola cranica, ed è impazzito. E lui ha dovuto prendere il treno fin là, rinchiudere quel cane pazzo dentro una cassa e portarlo da un veterinario che l'ha ucciso.

Il biglietto con il gioco, nel frattempo, era scomparso di nuovo nella sua tasca. Mi guardò da sotto le palpebre, con un'aria inequivocabilmente furba. In quel momento anch'io lo avrei scambiato per Mitchum.

– Una delle storie piú tristi che abbia mai ascoltato – riprese –. Quel ragazzo era ancora sconvolto...

– Beh – dissi –, tanto sconvolto non penso, se gli è venuta voglia di fare giochetti sul treno.

– Al contrario – rispose –. Era sconvolto per davvero. Il gioco l'ha fatto cosí, per distrarsi...

Non gliene importava niente di quel ragazzo, e tanto meno di quel cane. Lo conoscevo, era mio padre. Stava solo aspettanto che io lo *pregassi* di spiegarmi il suo gioco. D'altra parte, pensai, ero stato un ingenuo io a sperare, anche per un secondo, che un uomo come lui, a sessantasei anni, dopo avere perduto tutto a causa del suo carattere, potesse cambiare.

D'improvviso il taxi si fermò davanti a casa mia, eravamo arrivati. Il babbo fu piú lesto di me a tirar fuori il portafogli per pagare. Io ero cosí abituato a veder pagare sempre lui che persi qualche secondo prima di rendermi conto: ora non era piú come prima, ora i soldi non li aveva nemmeno lui.

— Lascia — dissi —. Faccio io.

Ma ormai era fatta. Il tassista gli stava già porgendo il resto, da cui il babbo sfilò cinquemila lire per ridargliele indietro, di mancia. Il tassista le prese e ringraziò, e tutto si svolse con una naturalezza disarmante. I soldi avevano danzato tra le loro mani senza che nessuno dei due se ne vergognasse.

— Arrivederci — disse il babbo, e scese. L'uomo scese a sua volta e tirò fuori la valigia scozzese dal bagagliaio. Poi, tornando in macchina, aprí dall'esterno il mio sportello e mi fece scendere con un salamelecco, come fossi un ministro.

Eravamo fuori. Il taxi ripartí e scomparve subito in una traversa. Da certe finestre aperte nei palazzi si sentiva gracchiare uno stesso applauso alla televisione. Il babbo mi aspettava accanto a un cassonetto dell'immondizia, e mi parve che non avesse nessuna intenzione di spiegarmi quel gioco. Magari se n'era già dimenticato, oppure non si era nemmeno accorto di averlo lasciato a metà. Perché era possibile anche questo. Mi chiamò ed io mi avviai verso il portone del palazzo. Lui mi seguí. In giro non c'era nessuno, solo rumori lontani e lampi violetti degli schermi televisivi. Lo vidi che alzava gli occhi, per considerare dal basso il palazzo nei suoi cinque piani. Non era niente di speciale, certo, ma almeno non faceva finta di essere qualcos'altro. Era un palazzo e stava lí, senza trucchi.

— E com'è stato ammazzato, quel cane? — chiesi —. Te l'ha detto il ragazzo?

— Col gas — rispose —. Dice che non ha sofferto.

Pare che durante qualsiasi contatto tra due solidi le cellule superficiali dell'uno e dell'altro si mescolino, scambiandosi di posto. Non era dunque solo suggestione pensare che nei cinque anni in cui vi avevo vissuto, per una certa percentuale io fossi diventato quella casa, e quella casa me. Avevo davvero nella pelle pezzetti del legno delle sedie, dell'intonaco, del metallo delle librerie componibili, avevo parte di quel pavimento impresso nelle piante dei piedi e anche le sedie, l'intonaco, le librerie e il pavimento erano ormai composti da un po' della mia pelle. L'odore nelle stanze era la risultante dei nostri singoli odori combinati assieme senza che nessun altra persona, in qualche fugace apparizione, avesse mai modo di concorrervi. Se anche qualche volta una donna aveva la possibilità di toccare me, il letto o i mobili della casa, non ci rimaneva mai abbastanza a lungo da lasciarvi una traccia duratura: due o tre giorni dopo che se n'era andata le particelle di lei rimaste attaccate agli oggetti si staccavano e cadevano come scaglie, io le spazzavo via con la scopa e le gettavo nella pattumiera, e il suo profumo si dissolveva completamente.

Io questo lo avvertivo.

Il babbo non aveva mai visto la mia casa, non era mai venuto a trovarmi a Roma. Cosí, quando ce lo introdussi cominciai ad aspettare il suo giudizio, un giudizio che era rimasto in sospeso per cinque anni. Per come era abituato lui, in fondo, anche quella casa avrebbe potuto sembrargli una topaia. Ed io che l'abitavo, un topo. Ma appena entrati compresi subito che non aveva nessuna intenzione di esprimere un giudizio: non si guardò intorno, non esaminò, non annusò, si infilò direttamente nel soggiorno e si lasciò cadere a peso morto sul divano.

– Sono proprio stanco – disse.

Fuori calava la sera. Attraverso le finestre socchiuse scorreva adesso una brezza leggera e vagamente marina che rinfrescava l'aria, pur senza intaccare l'odore di me e delle mie cose che vi regnava. Per prendere tempo trasportai in camera la valigia scozzese, ma non mi azzardai ad aprirla, poi preparai alla meglio il letto di mio padre sgombrandolo di magliette e asciugamani. Misi ordine sul comodino, sulla scrivania, nei ripiani dell'armadio. Raddrizzai un quadro, infilai una manciata di medicinali in un cassetto. Avrei ritardato indefinitamente il ritorno nell'altra stanza, dove c'era un padre che si aspettava qualcosa da me: non sapevo ancora cosa, esattamente, né se sarei stato capace di farla, né se, anche potendo, l'avrei poi fatta. Mi sdraiai un istante sul letto e cercai di rilassarmi. Cercai di convincermi che bastava pronunciare le parole giuste, fare le domande che dovevano essere fatte, e tutto sarebbe andato bene. Cercai di pensare che mio padre non era il solo uomo ad essere fallito, e che quel dobermann non era il solo cane ad esser stato ammazzato. Guardai le lancette della sveglia sul comodino e non era vero nemmeno che *ognuno* recasse dolore.

Quando ritornai nel soggiorno il babbo stava esaminando i dischi in uno scaffale. Ce n'erano di miei, di musica rock e jazz, e ce n'erano altri lasciati lí dall'uomo che mi aveva affittato la casa, di mu-

sica classica e popolare. Mio padre esaminava i dischi
del padrone di casa. Lasciai che ne scegliesse uno e
sulla copertina, mentre lo sfilava, vidi una grande
fotografia di Maria Callas. Non frequentavo mai la
sezione di dischi del padrone di casa, e non m'intendevo affatto di musica classica. Cosí, quando la voce
della Callas cominciò a spingersi contro le pareti,
guardai la copertina del disco per sapere almeno cosa
stava cantando.

CALLAS À PARIS
*Airs d'Opéras Français*

Sul retro c'era lo specchietto dei brani contenuti
nell'incisione. Quello che stavo ascoltando poteva essere:

ORPHÉE
*Opéra en 3 actes de C.W. Gluck*

oppure:

ROMEO ET JULIETTE
*Opéra en 5 actes de Charles Gounod*

poiché quelli erano i primi brani di ogni facciata.
Cercai di leggere, sul disco che girava, di quale delle due facciate si trattasse, ma non mi riuscí. Poi
però sentii distintamente la Callas che lamentava:
« *J'ai perdu mon Eurydice* ».

– Ah, l'Orfeo – dissi, molto in ritardo rispetto
a un vero intenditore.

Mio padre, ben sistemato sul divano, non pareva
affatto rapito dalla voce della cantante.

– Non so – mormorò –. Ho messo un disco a
caso...

Mi accostai alla finestra e appoggiai la fronte
contro il vetro, perdendo lo sguardo nelle distanze
ormai buie. Sotto i miei occhi si stemperava nel blu
l'immensa sfinge del gazometro, una dissolvenza che
da cinque anni, ormai, consideravo ogni sera una

specie di *Silenzio* suonato a tutta la periferia.
– Sarà ancora sotto controllo il mio telefono? – domandai.
– Non credo – rispose il babbo. Poi tacque un istante, guardandosi le unghie –. Ormai non c'è piú ragione.

Mi aveva emozionato, in quei mesi, l'idea di avere il telefono sotto controllo. Il babbo me l'aveva paventato subito, in una breve lettera in cui mi annunciava la sua capitolazione, benedicendo che non avessi combinato nulla nella vita e che non possedessi nulla che mi potesse esser tolto per causa sua. La lettera finiva con l'ammonizione a non parlare piú dei fatti miei per telefono, perché era probabile che fosse sotto controllo. Non sarebbe stata la prima volta, diceva, che il fallimento di un padre faceva finire in galera il figlio per tutt'altre ragioni. « Per droga », specificava, « o per terrorismo ».

Dopo quella lettera non avevo piú fatto nessuna telefonata senza passare mentalmente attraverso le orecchie dell'intercettatore che mi avevano assegnato. Lo vedevo, chino sul magnetofono, in una stanza della Procura della Repubblica dalle finestre perennemente chiuse, immerso in quell'odore di muffa che hanno tutti i locali abitati da gente in uniforme, e avvertivo un enorme potere su di lui, come davvero pendesse dalle mie labbra. Lo immaginavo, non so perché, grassoccio e calvo, ancora giovane ma dall'aspetto già invecchiato, la testa tonda calzata a forza nell'aureola della cuffia, l'aria perfettamente anonima delle persone che vengono riprese per caso dai filmati del telegiornale. E mi emozionava pensare che le faccende noiose e insignificanti di cui mi occupavo nelle mie telefonate venissero scrupolosamente ascoltate, registrate e catalogate da quell'individuo, mentre io potevo umiliarlo e insultarlo a mio piacimento semplicemente sollevando la cornetta e approfittando del suo sopruso. Ora, dopo che il gioco era andato avanti per mesi, il babbo mi diceva che era finito, ed io mi pentii subito di avergli fatto quella domanda. Oltre tutto, nemmeno quell'accenno alle intercettazioni telefoniche era servito a rompere il ghiaccio tra noi.

Continuai a fissare fuori dalla finestra verso le luci dell'EUR, che non erano fastose e quasi newyorkesi come d'inverno, quando calava il buio a metà pomeriggio e i grattacieli pieni di uffici si accendevano tutti insieme. Ora era soltanto una pleiade di luci piú basse, seminascoste da un cimitero di antenne della televisione, sopra le quali spuntava solo la ruota panoramica del Luna-Park. Continuai a fissare fuori le luci e le ombre, la mia fronte ed il vetro scambiandosi cellule, finché il disco della Callas finí, e nella casa piombò il silenzio.

Il babbo si era abbandonato sul divano, ancora in giacca e cravatta, in una posizione che mi pareva piú rigida e meno rilassata di prima. Gli andai vicino e lo guardai. « Il dormiveglia è il giardino dei sogni »: a giudicare dalla pace assoluta che governava il suo corpo, il babbo doveva avere già lasciato quel giardino, era rincasato. Fui tentato di frugargli nelle tasche per ritrovare il biglietto e studiarlo, ma poi non trovai il coraggio e la mia mano rimase sospesa a mezz'aria sopra di lui, per un lungo istante, come in una silenziosa benedizione.

Andai in camera da letto e mi chiusi dentro, mi sedetti alla scrivania e gli scrissi una lunga lettera. Poi infilai i fogli in una busta bianca, ordinaria, perché non ho mai posseduto una carta da lettere. Chiusi la busta, non so perché, col Vinavil e poi ci scrissi sopra « R.M. », grande, in stampatello. Quindi tornai nel soggiorno e l'appoggiai sulla sua pancia, con la delicatezza di uno che gioca a Shangai.

Rimasi un bel po' a fissare quella pancia con la busta appoggiata sopra: ad ogni respiro pareva gonfiarsi, sempre di piú, gonfiarsi, senza mai rientrare in se stessa, come il cervello di un dobermann.

L'indomani mi svegliai presto. Un fendente d'aria fresca traversava tutta la casa e faceva sbattere piano le finestre rimaste aperte. Andai subito in soggiorno, perché il letto che avevo preparato per mio padre era intatto. Sul divano non c'erano piú né lui né la lettera, e i cuscini non portavano piú il segno del suo corpo, come non ci fosse mai stato. Non riuscii a immaginarlo mentre li rimetteva in forma, scuotendoli, subito dopo essersi alzato.

Non era nemmeno in bagno o in cucina. Pur di non pensare che fosse uscito controllai anche nello sgabuzzino. Ero disposto a credere che ci si fosse rannicchiato, aspettando che io lo scovassi, come giocando. Ma non era nemmeno rannicchiato nello sgabuzzino. Mi affacciai alla finestra della cucina e non vidi né lui né nessun altro fin dove il mio sguardo poté spingersi. Nel silenzio si distingueva una voce sorda, metallica, che pareva giungesse fino a me attraverso un milione di differenti apparecchi e un miliardo di spiragli di finestra. Provai a ripensare alla lettera che avevo scritto nella notte, a rileggerla mentalmente, ma mi accorsi che c'erano troppi vuoti. Del resto quelle cose le avevo scritte per liberarmene, non per trattenerle. Mi chiedevo soprattutto cosa sarebbe accaduto, adesso; se il babbo sarebbe rimasto, se se ne sarebbe andato, o se era già partito, magari, mentre io dormivo.

Tornai in camera per controllare se fosse sparita anche la valigia scozzese ma almeno quella era lí, poggiata nell'angolo dove l'avevo lasciata. Non era stata toccata.

Andai in soggiorno e accesi il televisore. Feci un giro di tutti i canali e poi lo spensi, non c'era nulla. Mi sedetti sul divano e in quell'istante un allarme scattò, come fosse collegato al mio cuscino. Un'assurda spirale sonora cominciò ad avvitarsi nell'aria, molto vicino alla mia finestra, ma io non mi mossi di un centimetro. Fossero stati tutti come me, pensai, installare sistemi d'allarme negli appartamenti sarebbe servito solo a recare un po' di disturbo anche ai vicini quando i ladri andavano a svaligiarli. Invece qualcuno sarebbe sicuramente uscito, si sarebbe interessato a quell'allarme, avrebbe chiamato la polizia e nel frattempo sarebbe andato a dare un'occhiata, e se c'erano davvero i ladri avrebbe finito per incontrarli per le scale, farsi dare uno spintone, una bastonata, una coltellata, per poi finire sul giornale, il giorno dopo, la testa fasciata e un'espressione stupita, a spiegare in un'intervista per quale combinazione all'ultimo momento non era andato al mare come previsto ed era invece rimasto a casa a farsi malmenare. E quando l'allarme, improvvisamente, smise di suonare, mi parve addirittura di vedere la sua faccia, di riconoscerlo distintamente in quella foto sul giornale come il droghiere, il macellaio, il cassiere del supermercato, un qualcuno che ficcava molto profondamente le sue radici dentro al quartiere e che probabilmente avrebbe corso gli stessi rischi anche se l'allarme fosse scattato in casa mia, ammesso che ne avessi uno, e gli oggetti da strappare ai ladri fossero stati i miei, quelli che avevo davanti, il mio televisore, il mio giradischi, il mio tostapane. Che poi non erano miei, ma di un padrone di casa che non andava da lui ogni giorno a comprare la carne, il pane o il caffè, che lui nemmeno conosceva.

Invece, dopo un breve intervallo, l'allarme ricominciò a suonare. Poi smise di nuovo, poi ricominciò ancora, e l'immagine di quel vicino intrepido che si preoccupava anche per me, la sua testa fasciata fotografata sul giornale dell'indomani, svanirono bruscamente in nebbia. Se qualcuno doveva fare qualcosa, mi accorsi, quello ero io. Cosí mi alzai dal divano, e tutto ciò che riuscii a fare fu andare fino al giradischi e metterlo in funzione, col volume al massimo. « *J'ai perdu mon Eurydice...* ».

Riprese a saettare per la stanza la voce della Callas, limpida, cristallina, spadacciando con gli ottusi assalti dell'allarme. Io alzai la cornetta del telefono e mi misi, muto, ad aspettare un segnale dal mio intercettatore. Anche solo un sospiro, o il cigolio di quella sua sedia di metallo, qualcosa che ne tradisse ancora la presenza. Mugolai, feci qualche grugnito, gridai alcune parolacce nel tentativo di provocarlo, ma per la prima volta, dopo mesi, ebbi la chiara sensazione di essere solo con l'apparecchio telefonico.

Provai con il citofono, allora, e mi misi io a intercettare le voci degli altri. Ma non passava nessuno davanti al quadro dei campanelli, giú in strada, o se passava non apriva bocca, ed io mi ritrovai ad ascoltare soltanto l'allarme che s'intrufolava anche da lí. Quando stavo per lasciare il citofono udii nella cornetta uno scoppio di tosse, e lo riconobbi subito. Subito lo associai a mio padre che lo emetteva, ai suoi occhi piú socchiusi del solito per il contraccolpo, alle rughe che gli comparivano sulla fronte. Era il *suo* scoppio di tosse, quello che lo annunciava dovunque, quello che da bambino mi intimoriva perché significava che lui era vicino.

- Ciao, babbo - dissi, prima ancora che lui suonasse il campanello. Non dissi altro e non gli aprii il portone. Rimasi zitto a godermi i suoi rumoretti amplificati dal microfono, e a immaginarmi la sua perplessità.

- Beh? - sentii, dopo un po'.

- Senti - gli dissi -. Scendo io. C'è questo allarme che mi tortura da mezz'ora. Andiamo a fare una passeggiata.

Non gli lasciai il tempo di rispondere e uscii di casa sbattendo la porta, come una folata. A terra lo sorpresi mentre sbirciava attraverso il portone di vetro nel vano dell'ingresso. Con una mano si parava gli occhi dai riflessi, in una posa tipica dei bambini. Prima che vi comparissi io, uscendo dall'ascensore, lí dove stava guardando lui c'era soltanto un ficus spelacchiato, e le cassette della posta.

- Lo senti? - dissi -. Non la smette piú di suonare.

La sirena continuava a frullare e ad avvitarsi nell'aria. Per dispetto, adesso, perché qualunque cosa fosse accaduta in quell'appartamento ormai era finita.

- Uno pensa che qualcuno se ne interesserà, non so, magari il portiere, e invece...

Il babbo cominciò a camminarmi vicino, assorto, ascoltandomi.

- Finisce che ti obbligano a uscire... Forse è un trucco dei ristoranti, chissà, delle aziende di turismo...

Sbirciai nelle sue tasche per vedere se c'era la mia lettera, o qualche bianca emanazione che le somigliasse, ma non vidi nulla.

Il silenzio, tutt'intorno, era una faccenda di assenze, un silenzio costruito pezzo per pezzo da ogni famigliola che se n'era andata al mare con la macchina piena di pinne, tavolini di tela, materassini, palloni. Era la prima domenica d'agosto, faceva un caldo infernale, tutti se n'erano andati in ferie. Non era rimasto nessuno ad occuparsi degli allarmi che attaccavano a suonare nelle case, e anche il quartiere, normalmente un po' dimesso e piccolo-borghese, appariva diverso, piú signorile in quelle vesti di area evacuata.

— Mi ero perso — disse mio padre.

Notai sul suo volto un insolito sbigottimento. Pareva stupito di quanto andava dicendo.

— Prima — ripeté —, per la strada, mi ero perso. Non mi era mai successo. Ero uscito di casa come fosse stata la mia, mi ero incamminato per il quartiere come lo conoscessi palmo a palmo. Ho passeggiato leggendo la tua lettera, e credo di avere svoltato ad ogni angolo che mi si presentava, senza pensarci. Poi, di colpo, mi sono fermato e non sono piú riuscito a orizzontarmi. Queste strade sono tutte uguali. Non vedevo nessuno, non ricordavo il tuo indirizzo né il numero di telefono, l'agendina è ancora dentro alla valigia...

— All'inizio anch'io mi perdevo — cercai di consolarlo.

— Ho chiesto a un tale, l'unico che passava, un podista. Ho cercato di descrivere la tua strada, gli ho detto che c'era una salita, un supermercato... Non mi ha nemmeno risposto, ignorante come tutti i romani, non ha nemmeno smesso di correre...

Non sapevo proprio che dire. Raccontata cosí, con quel pathos, pareva davvero un'esperienza terribile. Non aveva mai tenuto quel tono, che io sapessi, in tutta la sua vita. Nemmeno parlando della mamma dopo che se n'era andata, o dei pignoramenti che erano fioccati su ciò che gli era piú caro. Tacque un po', emise di nuovo il suo scoppio di tosse e poi riprese a parlare.

— Per fortuna c'era un vecchio, piú avanti, fermo davanti a un cancello. Cosa ci facesse lo sa Iddio, ma ad ogni modo ho chiesto anche a lui, ho descritto di nuovo la strada, la salita, il supermercato... Gli ho persino detto che i palazzi, qui, sono di stile fascista, ma non ero sicuro. Sono di stile fascista?

Non riuscii a crederlo. Mio padre confessava di non esser sicuro di qualcosa. Era sempre stata la sua forza dire le cose di cui non era sicuro con una sicurezza che rendeva impossibile contraddirlo, l'aveva fatto per tutta la vita, su ogni argomento, tanto che io da bambino ero convinto che lui sapesse davvero tutto.

— Non lo so – risposi.

C'erano delle costruzioni con torrette, terrazzi e facciate in finta pietra che potevano anche essere di stile fascista, se mai ne è esistito uno. Ma c'erano anche molti palazzi nuovi di zecca, ed io non avrei mai parlato di stile fascista se avessi dovuto descrivere la mia casa a un vecchio.

— Potevi dire del gazometro – aggiunsi.
— Che gazometro?
— Te l'ho scritto nella lettera, hai detto che l'hai letta. Dalla mia casa si vede il gazometro.
— Già – rifletté –. Ad ogni modo quel vecchio ha capito, ha detto il nome della strada e io me lo sono ricordato. Una persona molto gentile... Ma quello che mi ha fatto impressione è che eravamo proprio qui sopra, proprio qui...

Indicò in fondo alla discesa, dove partiva una scalinata che s'inerpicava fino a una piccola piazzetta alberata.

— Capisci? Non mi ero perso sul serio, avevo

semplicemente *creduto* d'essermi perso. Fossi andato avanti senza pensarci sarei arrivato a casa dritto filato. Non mi era mai successo...

Imboccammo un viale piú grande e piú spoglio, senz'ombra, e ci mettemmo a camminare radente ai muri dei palazzi. La pasticceria dove facevo colazione, d'inverno, era chiusa. Il negozio di fiori di fronte era chiuso, il distributore di benzina poco piú avanti era chiuso. Sulla strada le rare utilitarie parevano navicelle di sopravvissuti e sul marciapiede, oltre a noi, caracollavano pochi omuncoli alle prese col jogging, sudati e col fiatone, quelli che mio padre chiamava ancora *podisti*.

– Non mi era mai successo – ripeté ancora.
– Non mi sembra poi cosí grave.

Quasi ridacchiò, ma subito riassunse il suo contegno serio, imperscrutabile.

– Era meglio se non succedeva – disse –. E comunque ti devo parlare.

L'allarme si sentiva ancora ma molto in lontananza, adesso, molto piú tenue. Somigliava al canto di un uccello privo di fantasia. Anche i semafori lungo il viale erano spenti, e nulla mostrava di sentirne la mancanza.

– Hai capito cosa ho detto? – insisté –. Ti devo parlare.
– E tu hai mai visto le nutrie? – domandai.
– Nutrie?
– Hai un'idea di cosa siano? Puoi immaginare a cosa corrisponda questa parola, *nutrie*?
– Tu mi preoccupi...
– Sono dei grossi roditori sudamericani, con i denti gialli, o rosa, non ricordo bene, che nuotano come castori.
– Ma sul serio, non scherzo. Mi preoccupi.
– C'è un parco, qua vicino, e nei laghetti ci

sono le nutrie. Si chiama Villa Pamphili. Noi andiamo là, tu fai conoscenza con il simpatico animaletto, poi ci sediamo sotto un bell'albero e lí parliamo.
— Le conosco già, le nutrie — disse lui, ma secondo me non era vero.

I denti delle nutrie non erano né gialli né rosa, ma arancioni. Era la caratteristica che piú mi aveva colpito di quei roditori eppure non la ricordavo esattamente, e come da ogni cosa cara che scoprivo d'aver dimenticato ne trassi sollievo: significava che non mi ero accanito a ricordarla nei minimi particolari, e la traccia che aveva lasciato su di me poteva essere cancellata, non era indelebile. Perché era duro, m'ero accorto, vivere conservando ogni cosa, fino a sentirsi come quei parapetti dei belvedere dove tutti, passando, incidono il proprio nome col temperino.

I denti delle nutrie erano arancioni, e le loro evoluzioni nell'acqua avevano quel tanto di frivolo e di superfluo che le rendeva vagamente umane. In realtà erano solo degli enormi topi fradici, ma la vacuità con cui si perdevano nei giochi acquatici anziché saettare in cerca di cibo le collocava su un piano infinitamente piú alto rispetto ai loro cuginetti di fogna: al punto che mentre questi venivano sanguinosamente cacciati a ogni loro minima comparsa, quelle venivano addirittura importate dal Sudamerica e sistemate nel luogo piú confortevole di tutta la città.

Ci sedemmo in mezzo a un vasto prato in declivio, le schiene appoggiate al tronco accidentato di un albero, lo sguardo convergente verso il laghetto e per un po' rimanemmo cosí, in silenzio, a scrutare le distanze dove imperversavano grida infantili e danze di palloni. Poi, d'un tratto, mio padre si tolse la giacca e mentre l'appoggiava per terra la mia lettera scivolò fuori dalla tasca interna e cadde sull'erba. Lui non la toccò, e prese a frugare nella giacca fino a cavarne un pacchetto di sigarette e un accendino: con calma si accese una sigaretta, tirò alcune boccate, poi rimise a posto pacchetto e accendino e solo allora raccolse la lettera. L'aprí e parve esaminarla attentamente, con aria grave, come fosse la radiografia di una lesione. Poi ne cominciò a leggere un passo a voce alta.

– « Talvolta mi piacerebbe avere una ragazza, con una bocca profonda come un fiordo e una farfalla di plastica rossa tra i capelli... ».

– Babbo, per favore... – protestai. Ma lui continuò, senza battere ciglio. Teneva il foglio molto lontano dagli occhi a causa della sua presbiopia, ma pareva lo facesse anche per prendere le giuste distanze dalle mie parole.

– « Mi piacerebbe perché potrei comprarle i fiori che certi arabi mi offrono agli incroci, e costano anche poco. Farei in modo che si intonassero a qualche cosa di suo... ».

Scrivere quella lettera era stata l'unica cosa che avevo fatto da quando il babbo era arrivato, l'unica iniziativa che avevo preso, e subito mi ritrovavo a a pentirmene. Ripensai a una frase letta da qualche parte, che un uomo pronunciava alla moglie ogni mattina appena sveglio: « Non iniziare nulla e non succederà nulla ». Ormai non sapevo nemmeno come interrompere il babbo che continuava a leggere.

– « ... E cosí non li compro mai. Ma tanto qualcun altro che li compra al posto mio c'è senz'altro, e

mi consola pensare che ciò che non faccio non è necessario a nessuno che io lo faccia...».
— Certo – intervenni –, se la leggi cosí, con quel tono...
— E come dovrei leggerla? È una *lettera*, come dovrei leggerla?

Tornò ad occuparsi dei fogli, in silenzio, risparmiandomi la lettura ad alta voce. Scosse il capo e sospirò.

— Io non so se ti rendi conto – disse –. Ma voglio credere che...

S'interruppe da solo, per guardare piú attentamente la lettera. Qualunque cosa fiammeggiasse nei suoi occhi, andava a posarsi sulle mie frasi per cancellarle, incenerirle.

— Perché non è possibile – riprese –. Io non ci credo. Uno non può vivere cosí. Uno non può passare le sere con la testa appoggiata alla finestra a guardare il gazometro o le luci dell'EUR. Uno non può dire «le macchine passano per strada», «le luci si accendono e si spengono», e «quando piove i marciapiedi brillano per il riflesso». Non può dire *soltanto* questo...

Sull'erba, vicino alla sua giacca, notai che era rimasto qualcosa, un biglietto. Lo riconobbi, era proprio il biglietto col gioco sul dormiveglia, e mentre lui continuava a parlare, senza che se ne accorgesse, mi allungai per raccoglierlo e me lo ficcai nel taschino.

— Non ti sei voluto occupare della fabbrica, e va bene... Sei voluto venire a Roma, d'accordo... Non ti ho detto nulla. Pensavo tu volessi fare l'artista, che tu non fossi fatto per maneggiare i quattrini, non c'è niente di male... Ma, Cristo, allora *fai* l'artista, e i quattrini non li maneggiare! E invece cosa mi racconti, dopo cinque anni che non so praticamente nulla di te? Che sei una specie di guardone, che stai alla finestra a guardare e non fai nient'altro! Che ti giochi in borsa i quattro soldi risparmiati e li dimezzi!

Lo ascoltavo in silenzio, la testa china in mezzo alle ginocchia. Non aveva alcun senso protestare, difendermi, o tentar di spiegare la mia incursione, del resto inspiegabile e severamente castigata, nel mercato azionario.

– Non credo a una parola di quelle che hai scritto qui, sono *balle*! Io dovrei credere che l'unica persona importante nella vita di mio figlio è l'intercettatore delle sue telefonate! È falso, perché me lo dici? Cosa credi, di farmi compassione? Non riesci a comunicare a voce con tuo padre? Hai bisogno di scrivergli? D'accordo, ma non scrivermi queste cose perché non mi interessa, se permetti, di come guardi ogni mattina il dirigibile della Goodyear e gli fai il verso con la bocca! È *falso* anche se lo fai davvero! Sulle lettere, quelle vere, uno deve dire che è andato a pescare, quali esche ha usato, e quanti pesci ha preso!

– Io non vado a pescare.

– E allora vacci, e una donna, se proprio vuoi regalarle dei fiori, prenditela! Sei bello e sei giovane, basta che tu ti assuma una sola responsabilità!

Forse, in tutti quegli anni, mio padre aveva considerato assolutamente scontato che io mi servissi della bellezza per prendermi le donne: invece non l'avevo mai fatto, perché m'era sempre parsa una cosa magistralmente superflua. Me l'avesse *ordinato* lui, magari, il prima possibile, l'avrei fatto, e non avrei passato l'adolescenza rinchiuso nei maneggi a saltare stupide croci di Sant'Andrea o tra le zitelle a studiare pianoforte. Gli avrei ubbidito e allora prendermi le donne avrebbe cominciato a sembrarmi anche, in qualche modo, necessario.

– C'è una sola cosa vera in questa lettera. Tu hai bisogno di una donna. Ma non, come dici tu, per comprarle dei fiori che si intonino alla sua farfalla di plastica. Ne hai bisogno per imparare a stare un po' sulla corda...

– Ci sono già stato, sulla corda – dissi –. E la corda s'è spezzata...

– Si spezza sempre, la corda. Ci si cammina sopra, e lei si spezza. Non sei l'unico ad aver perso una donna. Sembra pazzesco, ma è ancora quella la ragione, il tuo alibi...

– Ecco, lo sapevo. Tu pensi ancora che sia per via di Rita...

– Non sono io che lo penso, *è* cosí. Sembra pazzesco, ma dopo quattro anni non ti sei ancora fatto una ragione che la tua fidanzata ti abbia lasciato e si sia sposata con un altro...

– Cinque – lo corressi –. E mezzo.

– Peggio ancora. Continui a parlare di morale, « la morale », « è immorale », fai la vittima, e con questa scusa ti permetti di non fare piú nulla. Ma è proprio questo che è *immorale*, se lo vuoi sapere, e l'innocenza di cui tu parli non si conquista evitando di toccare le cose, evitando di fare. Sarebbe troppo facile. Quella è paura...

– E come si conquista, allora? Prendendosi le donne? Portandole via agli altri?

– L'innocenza si perde, bambino mio – richiuse la lettera e la infilò nella busta –. Levatelo dalla testa di poterla conquistare. Anche se ti lasciassi morire con la testa appoggiata al vetro mentre guardi il tuo gazometro, non saresti lo stesso piú innocente di quelli che sotto il gazometro ci vanno a far l'amore...

Scrollò di nuovo il capo, sconsolato. Avevo qualcosa da obiettare riguardo alla sua ultima asserzione ma rimasi zitto. Era già una vittoria, dopo tutto, vederlo amareggiato in quel modo. Il padre che avevo abbandonato io, e anche quello che mi aveva telefonato negli ultimi mesi per comunicarmi, quasi con soddisfazione, quale altro pezzetto del suo patrimonio gli era stato strappato, quel padre non avrebbe mai discusso con me di una lettera: l'avrebbe semplicemente appallottolata e gettata nei rifiuti facendo in modo che io, come per caso, lo sorprendessi a farlo.

— Mi preoccupi, davvero — osservò.

Guardava verso il laghetto e forse vide un cigno che usciva dall'acqua e si scrollava le penne.

— Mi ricorderò sempre — riprese —, di quando quel cigno ti saltò addosso, al parco di Copenhagen. Fosse stato per te, ti saresti lasciato ammazzare a beccate...

Era quello uno dei ricordi piú cari della mia infanzia. Eppure fu una mezza tragedia, una faccenda di magliette insanguinate e spavento e punti di sutura, non so bene perché io l'abbia sempre ricordata con tanta malinconia. Forse per via della mamma, che era bellissima e rideva, e il babbo la prendeva in giro perché aveva appena preso la patente e non sapeva ancora andare in retromarcia. Aveva i capelli corti sul collo, e un ombrellino bianco e nero. Forse anche perché eravamo in Danimarca, lontano da dove sono sempre successe le cose peggiori, molto piú a nord. E avevano appena tagliato l'erba dei prati, e aveva appena smesso di piovere, e c'era un odore penetrante nell'aria che somigliava a quello dell'anguria.

— Restavi lí fermo a farti beccare senza scappare, senza difenderti, senza nemmeno muoverti. All'inizio non riuscivo a credere che quel cigno ti stesse facendo del male, non mi sembrava possibile. Già allora eri cosí: ti saresti lasciato ammazzare pur di non fare nulla.

A rendere cosí nitido quel ricordo era stato il fatto che lui aveva filmato tutta la scena con la cinepresa superotto. Anche se quella bobina, poi, l'avremo rivista sí e no tre volte, il fatto che ci fosse e fissasse per sempre tutta la scena doveva aver finito per renderla indimenticabile. Il film riproduceva tutto: la mamma che era bellissima e rideva e non sapeva andare in retromarcia, l'erba fradicia del parco tagliata di fresco, il cigno che usciva dall'acqua e si scrollava le penne in riva al lago. Io che mi avvicinavo a lui con la mano protesa, per toccarlo, e lui che sbatteva le ali e mi si avventava contro. Io che rimanevo immobile, di spalle, e il cigno che continuava a darmi addosso, e pareva davvero una specie di gioco finché non mi voltavo verso la cinepresa e si vedeva che avevo la faccia coperta di sangue. Il babbo, a quel punto, aveva lasciato cadere la macchina da presa per terra ed era accorso in mio aiuto. E mentre lo scacciava, io avevo raccolto la cinepresa e avevo filmato lui che colpiva il cigno con l'ombrello bianco e nero della mamma. Tutto sfocato, ma si vedeva anche quello.

— E ti ho anche immortalato — soggiunse —. Ora vorresti farmi credere che di quel modo di lasciarsi sanguinare tu hai fatto una filosofia...

— Anch'io ti ho immortalato mentre facevi sanguinare il cigno. Anche tu vorresti farmi credere che quella è una filosofia...

— Ma lo è! — staccò la schiena dal tronco e drizzò il collo di scatto, proprio come un cigno che sta per attaccare —. È un modo di vivere, Cristo, l'unico possibile! Se ti attaccano puoi soltanto reagire, o scappare, ma non si diventa piú *innocenti* a restar fermi e lasciarsi sbranare!

– Senti chi parla – protestai –. Tu sí che sei rimasto fermo a farti spennare! Sempre! Il modo in cui guardasti la mamma quando andò via, me lo ricorderò sempre! E quelle tue telefonate, « Hanno preso i cavalli », « Hanno preso Riva Dorata », « Hanno preso la casa »... Sei rimasto immobile a farti saccheggiare. Tutti, quando falliscono, cercano di nascondere le cose, i letti, almeno, la televisione, tirano in ballo i figli, i parenti, pur di tenersi a galla. Tu no, tu sei rimasto lí, ah, mi sembra di vederti, inflessibile, a guardare i facchini che ti svuotavano la casa fino a farli sentire dei vermi. Cos'altro hai fatto, tu? Neanche tu hai reagito, non sei scappato, e alla mamma non hai *impedito* di comportarsi in quel modo! E ora tutto ciò che ti è rimasto sta dentro alla valigia scozzese che è appoggiata per terra in camera mia!

Anziché indignarsi, o voltarmi le spalle e rimettersi a guardare i cigni, lo vidi che si allargava tutto intero in un lento sorriso.

– Tu pensi proprio che tuo padre sia un imbecille – disse –. Hai talmente deformato tutto da credere davvero che io mi comporti come te... Perfino il curatore ha capito che tuo padre non è un imbecille, e mi è rimasto addosso come un mastino per dei mesi ma tu no, tu non l'hai capito. Per te tuo padre è un fesso che si lascia spennare...

– Beh – mi scappò detto –, con le mie azioni che continuano a calare sono pur sempre piú ricco io di te, ora come ora...

– Tu – ghignò –, non sei piú ricco di nessuno... Lasciali stare i soldi, e quelle azioni vendile, fammi la cortesia, e piantala di lamentarti...

Non avevo nessuna voglia di discutere con lui,

tanto meno di soldi. Quella frase mi era scivolata fuori dalla bocca come uno sbadiglio, ma la mia mente era altrove, si era già allontanata. Da un po' di tempo io stavo pensando al biglietto col gioco che adesso era in mano mia, e che potevo studiare con tutto comodo quando volevo. Questo pensiero mi era, per cosí dire, prezioso, mi regalava una rasserenante sensazione di superiorità che rendeva superfluo ribattere alle parole di mio padre. Lui taceva, adesso, riflettendo, e sorrideva con aria beata.

– Hai scritto nella lettera – riprese –, che *sospetti* di non essere nemmeno figlio mio... ma è falso anche questo, perché non sopporteresti mai la responsabilità di sospettarlo...

– Io non ho scritto che...

– L'hai scritto eccome... Lo scrivi, lo dici, proprio perché non riesci a farlo sul serio. Come tutto il resto...

Quando vidi che riapriva la lettera e la scorreva con gli occhi ricordai con esattezza, parola per parola, il passo che stava cercando, prima ancora che lo trovasse e attaccasse a leggerlo a voce alta.

– « D'altra parte » – lesse –, « immagino che la mamma abbia condotto la gravidanza secondo il suo costume abituale, ed è probabile che la mia permanenza nella sua pancia sia stata turbata da fugaci e disgustose apparizioni »... Eccetera eccetera. Certo, ce ne vuole di rancore per scrivere cose del genere...

Pareva divertito, mio padre, come avesse letto sul giornale uno di quei trafiletti che ci sono ogni tanto su qualche gesto assurdo compiuto da un pazzo.

– Ma io ti conosco, tu non riesci a pensarle certe cose. E cosí le scrivi, come scrivi dei sospetti di essere figlio di un cameriere d'albergo, di un marinaio, o di un antiquario. Ma neanche se te lo rivelassi io

crederesti a una cosa del genere, ci vorrebbe troppo *coraggio* per crederci...
Tacque di nuovo, e io non dissi nulla.
— Certi sospetti, se permetti, li ho avuti soltanto io, io solo. E da solo li ho risolti, tu *sei* mio figlio. Certo che però, a volte, a vedere come sei, mi ritornano...
Piegò di nuovo la lettera e mi squadrò con una delle sue occhiate mitchumiane, colme di autorità e di preoccupazione.
— Ad ogni modo — riprese —, non è per stabilire quanto siamo scontenti l'uno dell'altro che sono venuto da te. C'è una ragione precisa, concreta, per quanto ti possa sbalordire che al mondo esistano anche le cose concrete. C'è qualcosa che voglio chiederti di fare per me. Un favore. Però attenzione: nemmeno questo è *indispensabile* che tu lo faccia, esattamente come comprare i fiori dagli arabi. Se non lo fai tu lo faccio da solo, è soltanto un po' più rischioso.
— Rischioso?
Sospirò. Un riflesso che filtrava tra le foglie gli fece brillare gli occhi e per un istante mi regalò l'immagine di un padre commosso. Ma svanì subito; i suoi occhi si spensero e la sua faccia tornò fredda come sempre, distante.
— Anni fa — spiegò —, quando sembrava che i comunisti andassero al potere, portai dei soldi in Svizzera. Se la cosa ti scandalizza non so che farci, ce li portai e basta. Poi, quando le cose tornarono, per cosí dire, *a posto*, invece di riprenderli li lasciai là. In quel momento non mi servivano. E durante il fallimento, anche volendo, non avrei piú potuto portarli in Italia, perché mi avrebbero messo in galera. Il curatore, che è uno tenace, doveva sospettarlo, ed ha ottenuto dal magistrato di far controllare il

mio telefono, e *forse* anche il tuo...

Affilò la lama di quell'avverbio, e attese un istante prima di continuare, perché mi si conficcasse ben bene nella testa.

— Ecco perché mi sono lasciato *spennare*, come dici tu, senza nascondere letti o televisori. Quell'uomo mi stava addosso dalla mattina alla sera, non mi mollava un attimo, ed è uno che sa il fatto suo, non era facile fregarlo. Bisognava aspettare e lasciargli credere di avere vinto. Adesso ha mollato: la famiglia, le ferie, la casa al mare, e insomma io posso riprendere quei soldi. Bisogna solo andare a Lugano, ritirarli da una certa banca, e passarci il confine.

— E dovrei farlo io?

— Non è *necessario*, te l'ho detto. Lo fai se lo vuoi fare. È possibile che alle frontiere abbiano una segnalazione del mio nome, ecco tutto, ma è piú che altro uno scrupolo. È una cosa poco pulita, *moralmente*, questo è certo: c'è ancora molta gente cui devo dei soldi, e non ho nessuna intenzione di dare a loro anche quelli. Se i tuoi « principî morali » ti impediscono di farlo, per carità: Dio mi fulmini se ho intenzione di toglierti una delle poche cose che...

— Quanti soldi sono? — lo interruppi.

— Duecentocinquantamila.

— Franchi svizzeri?

— Dollari — sorrise —. In Svizzera uno ci mette i dollari.

— Non ho mai visto tanti soldi tutti insieme...

— Smettila, avresti potuto, se volevi. E comunque non si tratta solo di guardarli, non sono come il gazometro o il dirigibile della Goodyear. Te li devi infilare nelle mutande, stavolta.

— E poi tu che ne fai?

— Al momento giusto ne parliamo. Ma non li darò certo ai miei creditori.

— E se mi pescano mentre ci passo il confine, mi arrestano.

— Difficile che ti peschino. Ma il rischio è questo quando si passa un confine con dei soldi nelle mutande.

Guardai verso il laghetto come lui e cercai con lo sguardo, tra le testoline delle nutrie a fior d'acqua e lo spavento permanente delle anatre, tutti i cigni che c'erano. Ne vidi due.

— Chissà se la mamma lo verrebbe a sapere — dissi.

Posi una sola condizione a mio padre prima di accettare: passare un'ultima volta dalla nostra casa di Riva Dorata per rivederla, almeno, dopo che per trent'anni ci avevamo trascorso l'estate e ora era stata sequestrata dalle banche. Pensavo che vedendola chiusa con i sigilli, ridotta dalle pratiche fallimentari a semplice bene immobile da cui cavare piú denaro possibile, avrei potuto superare quei principî morali su cui mio padre aveva fatto del sarcasmo ma che avevo sul serio, e mi rendevano odioso quel che mi aveva chiesto. Dopo il regime di vita abbastanza misero tenuto negli ultimi anni, senza mai attingere al patrimonio di mio padre, l'idea di finire sui giornali per esser stato sorpreso con le mutande piene di dollari francamente non mi entusiasmava: in fondo io non c'entravo nulla con quella faccenda, e che mio padre avesse portato dei soldi in Svizzera per paura dei comunisti non lo sapevo nemmeno. Non avevo, però, niente da perdere, come sempre: né una reputazione, né una posizione e neppure la stima di una moglie o di un figlio che avrebbero potuto sentirsi traditi e disprezzarmi: si trattava davvero di *principî morali*, né piú né meno, dell'idea pura e semplice di essere nel torto in una delle poche cose che mi decidevo a fare. Per questo passare prima da Riva Dorata, e constatare come la nostra casa fosse stata strappata alla mia vita con un semplice gesto d'autorità, avrebbe potuto aiutarmi.

I miei principî morali, del resto, non avevano mai riguardato soltanto l'infrangere le leggi ma anche il vederle applicate, due cose che mi erano sempre parse spregevoli allo stesso modo: e forse non erano nemmeno dei veri e propri *principî*, ma semplice orrore. Orrore delle leggi, per l'appunto, di tutte, di quelle civili come di quelle naturali, di quelle scritte come di quelle morali, e di tutto ciò che con esse aveva a che fare. Che poi io avessi sempre vissuto rispettandole tutte, in un conformismo totale e quasi astratto, dipendeva da una ragione esclusivamente strategica: infrangendo le leggi, infatti, si finiva sui giornali, in tribunale, in prigione, mentre rispettandole non accadeva nulla, non se ne doveva render conto a nessuno e ci si poteva dimenticare in fretta d'averlo fatto.

Si trattava perciò di convincermi che tra l'orrore di passare un confine con dei dollari e quello di non farlo ci fossero delle buone ragioni per scegliere l'uno e non l'altro: e vedere con i miei occhi come certe persone avessero messo le mani su un pezzo della mia vita, l'avessero trasformato in moneta e se ne servissero per colmare il debito di mio padre, poteva servire allo scopo. La prospettiva, del resto, d'esser finalmente necessario a mio padre, di poterlo salvare, io, dalla miseria, conferiva un fascino tutto particolare alla mia missione.

Il piano prevedeva di andare insieme fino a Milano, dove lui si sarebbe fermato ad aspettarmi mentre io effettuavo il mio raid attraverso la frontiera, ma la casa di Riva Dorata non era su quella rotta e fu necessario modificare immediatamente il programma. Cosí, alla stazione, mentre da un marciapiede partiva il rapido per Milano io e il babbo ci trovavamo su un altro, ritti, in silenzio, ad attendere il treno locale per Grosseto. Io avevo comprato un giornale e lo tenevo in mano, piegato, senza leggerlo. Mio padre s'era cambiato d'abito e ora ne aveva uno color carta da zucchero, molto leggero, impeccabile, con una cravatta scura e una camicia bianca. A guardarlo non aveva l'aria di accingersi a fare qualcosa di assolutamente inutile come andare a rivedere una casa che non si possiede piú.

Sul treno, con noi, salirono poche strane persone, molto disomogenee. Donne anziane, ragazze accaldate senza bagaglio, un gruppo di ragazzini, un uomo con una sacca piena di mazze da golf. In uno scompartimento c'era anche una vera famiglia di emigranti, con grosse valigie e sacchetti che debordavano dalle mensole, le carte napoletane sul tavolino e un profumo d'arance nell'aria, come se il treno non fosse diretto a Grosseto ma a Monaco di Baviera.

Ci sistemammo in uno scompartimento per fumatori, ancora vuoto, l'uno di fronte all'altro vicino al finestrino, ma subito fummo raggiunti dall'uomo con le mazze da golf, che scaricò il suo bagaglio su un sedile e rimase sulla porta a fumare le ultime boccate di una sigaretta. Mi sentii sollevato dalla sua presenza, perché ci impediva di parlare durante il viaggio. Molto meglio restare tutto il tempo cosí, in silenzio, forti del patto che avevamo stipulato senza potervi aggiungere nulla che, malauguratamente, lo indebolisse. Appena il treno si mosse l'uomo delle mazze entrò e si sedette guardandoci con aria cordiale, attento a cogliere il minimo segnale per presentarsi e attaccare discorso. Ma né io né il babbo pronunciammo una sola parola, e anche lui rimase zitto. Io sollevai un poco il finestrino, perché l'aria continuasse ad entrare ma non facesse svolazzare carte e cravatte, poi finalmente immersi la mano nel taschino della giacca per ripescare il biglietto col gioco di mio padre. Avevo due ore di tempo per dedicarmici, e penso che davvero nulla in quel momento avrebbe potuto interessarmi di piú.

Il biglietto non c'era. C'era il portafogli, c'era l'agendina, c'era una ricevuta spiegazzata della tintoria, ma non il biglietto. Frugai tutte le altre tasche e non lo trovai nemmeno lí, era sparito. Da come non c'era mi ritrovai a dubitare di averlo davvero raccolto, al parco, e poi su ancora, risalendo il corso di quel dubbio, fino a non essere piú sicuro che fosse mai esistito, che il babbo mi avesse mai fatto quel gioco e l'avesse lasciato a metà, o che quel ragazzo fosse mai corso chissà dove ad uccidere un cane pazzo, pegno d'amore. Non mi rimase che aprire il giornale, cavare il walkman dalla borsa e mettermi a leggere qualche notizia con la musica nelle orecchie.

Nel mondo dei fatti spiccava una crisi militare nel Mediterraneo, cui il giornale dedicava tutta la prima pagina. Le navi americane si stavano divertendo a oltrepassare una retta immaginaria chiamata « Linea della morte », che la Libia si ostinava a dichiarare invalicabile. Scorsi appena gli articoli, da cui affiorava una costante vena di angoscia, riferita non tanto a ciò che stava succedendo, che non era grave, quanto a ciò che poteva succedere *dopo*, secondo una filosofia molto simile a quella che aveva ispirato la scritta sul pendolo di mio padre: nulla di ciò che avveniva era grave come ciò che gli sarebbe seguito, e cosí via fino all'evento estremo, il piú grave di tutti, l'irreparabile, *l'ultimo*.

Sulle pagine interne, invece, mi soffermai piú a lungo. Sulle notiziole di cronaca i miei occhi non scivolavano più come gomme sul ghiaccio, trovavano un terreno costellato di appigli cui aggrapparsi. Due soldati di diciannove anni si erano sparati, uno dopo l'altro, nella garitta della stessa caserma durante due successivi turni di guardia. Un rappresentante di gioielli era scappato con il campionario, poi s'era pentito, era tornato indietro e aveva restituito tutto. Una polemica infuriava intorno all'intenzione di erigere un monumento a Gaetano Bresci, anarchico regicida. Quasi senza accorgermene chiusi gli occhi, cullato dalla musica nella cuffia, trascinando tutto quanto con me in un placido torpore, quello stato di grazia di cui si ha e non si ha coscienza, che il biglietto andato perduto nelle mie tasche definiva, non a torto, il giardino dei sogni. Addormentarsi, a quel punto, è la cosa piú bella che possa capitare a un uomo, ma a me non capitò. Bastò lo scatto del nastro arrivato alla fine nel walkman per rovinare tutto.

Il treno, nel frattempo, s'era fermato in aperta campagna. Da una parte, oltre la porta dello scompartimento, si stagliava già una striscia sottile di mare, sorretta dal bavero verde dei pini. Dall'altra, fuori dal finestrino, s'allargava la pianura, violata da un agglomerato di tralicci e di gru cui mi parve impossibile dare un significato. Mio padre teneva la testa contro il vetro e fissava fuori.

– Quant'è che siamo fermi? – domandai.
– Cinque minuti.
– Cos'è quella roba?
– Tralicci. Non so, una centrale elettrica.
– È la centrale nucleare di Montalto di Castro – intervenne l'uomo con le mazze da golf.

Mi guardò con aria imparziale, per esprimermi che non era né favorevole né contrario alle centrali nucleari, e che comunque a lui interessava attaccar discorso sui treni e spedire palline dentro alle buche nel minor numero di colpi possibile. Lo ricambiai con la medesima espressione, forse ancora piú neutra, per stroncare sul nascere ogni possibile accenno di conversazione.

Il treno ripartí, a scatti, e la centrale nucleare cominciò ad allontanarsi in profondità. Trovai che in qualche sua maniera finiva per somigliare al gazometro che si vedeva dalla mia finestra. Le sagome dei tralicci e delle gru rimasero visibili per un po', simili a scheletri di immensi mammiferi preistorici, poi cominciarono anche loro a stemperarsi nella foschia. Il babbo non aveva mutato espressione, tornò solo ad appoggiare la testa contro lo schienale per sfuggire alle vibrazioni che si abbattevano sul vetro del finestrino.

– Finalmente – commentò l'uomo delle mazze.

Dunque eravamo vicini a Riva Dorata. Molte volte avevo sentito gli abitanti della zona, i butteri e anche molti villeggianti lamentarsi per la presenza di una centrale nucleare cosí vicino. Ma se ne lamentavano sempre stancamente, quasi per scrupolo, come se lamentarsene li facesse sentire immediatamente dopo piú tranquilli. E c'ero passato accanto chissà quante volte col treno, andando a Riva Dorata, ma non l'avevo mai notata prima. Ne avevo semplicemente sentito parlare come di un mostro in agguato, e non mi aveva mai fatto nessuna paura, perché una volta dentro a Riva Dorata, immerso nell'impero delle cicale e sovrastato dai pini, una centrale nucleare distante venti chilometri non riusciva a sembrarmi *vicina*. Quella casa era sempre stata per me un'appendice tirrenica della Danimarca, distante da tutto, dove nessun pericolo poteva infiltrarsi, nessun disastro abbattersi, dove il mare sarebbe rimasto sempre pulito e nessuno sarebbe mai riuscito a inquinarlo, contro la quale anche le radiazioni avrebbero dovuto arrendersi. Il luogo dove i resti della mia famiglia si sarebbero sempre riuniti, ogni estate, ignorandosi, magari, l'uno con l'altro, ma capaci di trovare ugualmente qualche briciola di pace. Invece, la mano rude e pelosa di un curatore fallimentare era riuscita ad afferrare anche quella, senza pietà, e a trascinarla fin dentro un lontanissimo sfacelo, trasformandola in una miserabile cifra a otto zeri scritta sopra un foglio di carta bollata. E ora che non era più nostra, e che avevo visto con i miei occhi la centrale nucleare, mi pareva di avvertire per la prima volta, anch'io, quel senso di minaccia che non avevo mai condiviso nelle chiacchiere degli altri. Era come se quel luogo avesse improvvisamente perduto la propria inviolabilità: e allora quel mare, se era stato possibile strapparlo a noi, poteva anche inquinarsi, i pini avrebbero potuto bruciare e l'aria avrebbe potuto diventare, un giorno, anche lí, irrespirabile.

Anche il babbo doveva pensare a queste cose, mi si stavano formando immagini troppo nitide in testa, e ricordi troppo impazienti d'esser rivissuti perché a pensarli fosse la mia mente soltanto.

– Magari ci facciamo un bagno – dissi, a voce troppo alta, per sentire anch'io le mie parole sopra al volume della musica nella cuffia. Il babbo sorrise appena senza dir nulla, ma l'uomo delle mazze colse al volo l'occasione e attaccò a parlare a mitraglia.

Cosa dicesse non lo so, io non lo sentivo. Sulle sue labbra lessi solo, a un certo punto, « beati voi ».

Il nostro modo di viaggiare insieme, mi accorsi, era piuttosto incoerente, come quello di due poveri che stanno per diventare ricchi oppure di due ricchi appena diventati poveri. In effetti, in quel momento, io e mio padre eravamo entrambe le cose. Avevamo viaggiato su un treno locale, in seconda classe, ma appena fuori dalla stazione, anziché scarpinare sotto il sole fino all'autobus per Riva Dorata, prendemmo il taxi. Io, da solo, non l'avevo mai fatto, perché Riva Dorata era abbastanza lontana dalla stazione e mi ero abituato a prendere l'autobus che trasportava verso le case di villeggiatura un folto manipolo di donne di servizio. Ma vidi che il babbo non riuscí nemmeno a concepire una soluzione del genere, forse persino ignorando che Riva Dorata era servita da un autobus: si fiondò dentro a un taxi posteggiato all'ombra, dove l'autista con lo sportello spalancato leggeva il "Corriere dello Sport". Non era un taxi giallo, regolare, ma una Fiat qualsiasi color argento su cui l'uomo aveva installato l'insegna luminosa.

Sul cruscotto notai subito una scritta a mano in caratteri sinistri, quasi gotici, che diceva « VIETATO FUMARE ». Il babbo, che al momento di salire stava già fumando, non la vide affatto e continuò a tirare boccate dalla sua sigaretta. Mi misi ad aspettare le proteste dell'autista, i cui occhietti vedevo scintillare sullo specchietto retrovisore, ma il babbo finí la sigaretta quasi subito, e la gettò dal finestrino.

– Non si poteva fumare – disse l'autista.
– Ormai ho fumato – rispose il babbo.
– È pericoloso buttare i mozziconi accesi – continuò il tassista –. Provocano gli incendi.

Stavamo costeggiando la laguna, azzurra e increspata dal vento, e mi chiesi cosa potesse realmente incendiarsi lí attorno.

– Ormai l'ho buttato – rispose il babbo.

Appena finito di costeggiare la laguna imboccammo l'Aurelia, tornando indietro verso Roma e la centrale nucleare. La strada era affollata da camper e roulottes con targhe straniere, o di città italiane dove non ero mai stato. Sfilammo accanto a una batteria di campeggi dai nomi esotici: «TAHITI», «ALOHA», «BORA BORA», «ACAPULCO».

– Chi ci sarà alla sbarra? – domandai al babbo.
– Ah, chi se li ricorda i nomi...

Riva Dorata era una lottizzazione di lusso dentro a una pineta, lungo un tratto di costa ancora vergine e desolato. Una volta tutta quella terra era appartenuta al re. Per dare l'impressione che il territorio fosse ancora difeso e controllato era stata piazzata una sbarra all'ingresso, simile a quella dei passaggi a livello: cosí aveva deciso in tempi remoti il consorzio di tutti i proprietari, alle cui riunioni, dalla prima all'ultima, era sempre mancato soltanto mio padre. Per lui tutta la cascata di provvedimenti, divieti, regole, che scaturiva da quelle riunioni, era semplicemente inutile, e per questo non vi aveva mai concorso personalmente: e in effetti, contro i due nemici di quel luogo, i ladri e gli incendi, nessuna delle misure adottate dall'industrioso consorzio poteva opporre una vera resistenza. I ladri avrebbero potuto fare razzia nelle ville passando comodamente dalla spiaggia, e un incendio come si deve avrebbe spazzato via tutto in mezza giornata, compresa la decina di idranti incrostati di salsedine che vi erano stati installati. A me, invece, quelle stesse misure che il babbo snobbava avevano sempre dato fastidio, poiché ricordavano che ci si trovava in una lottizzazione di lusso frequentata da miliardari, e per sopportare la presenza di quella sbarra all'ingresso avevo finito per stringere forti legami personali con i guardiani che si alternavano a manovrarla. Ne avevo visti succedersi tanti, altri ne avevo visti rimanere, e con alcuni di loro avevo trascorso intere serate dentro la guardiola, a farmi raccontare pettegolezzi sui condomini o a rievocare disastrose libecciate.

Con tutto ciò che non sopporto, del resto, per farmi una ragione della sua esistenza ed accettarlo, finisco sempre per intrecciare qualche legame affettivo.

Tra i guardiani che si erano avvicendati alla sbarra uno lo amavo veramente come un secondo padre, rozzo e sottomesso: era il piú anziano di tutti, quello che c'era sempre stato e mai aveva cercato un lavoro migliore, come se Riva Dorata, prima che ai re e ai miliardari, fosse appartenuta a lui e lui non avesse voluto abbandonarla anche a costo di umiliarsi a farvi il custode. Era un uomo bello e taciturno, incapace d'esser severo e isolato dal resto della popolazione locale, che da quando le somiglianze fisiche avevano cominciato a interessarmi avevo ribattezzato Newman, dimenticando il suo vero nome.

In verità, negli anni, oltre alla generosa amicizia tra me e Newman se n'era sviluppata un'altra, piú discreta e nascosta, tra lui e mio padre. Se con me, molto spesso, lui sostituiva mio padre a parlare o a cavalcare lungo i tagliafuoco delle colline, con mio padre finiva per sostituire me, in tutti i lavori di manutenzione alle nostre cose per i quali ostentavo disinteresse. In quelle occasioni pareva davvero di assistere a scene di un lungo film hollywoodiano: Newman che riempiva di kerosene la caldaia di Mitchum, Mitchum e Newman insieme che tiravano in secco un gozzo di legno, ripulivano una tettoia, potavano un albero, Mitchum che dava una mancia a Newman alla fine di ogni estate. Raramente le scene erano dialogate, sembravano fatte per essere montate una dopo l'altra e ricoperte da qualche colonna sonora: ma non era un caso che mio padre si rivolgesse sempre a lui, né che Newman, tra tutti i condomini di Riva Dorata, concedesse i propri servizi extra soltanto a mio padre.

Per chiudere il cerchio, infine, succedeva che spesso io aiutavo Newman in certi lavoretti alle *sue* cose, lo aiutavo a trasportare sacchi di carbonella o di semi di girasole fino alla sua casetta sulla laguna, o a rimettere in funzione il pozzo che si inceppava di continuo nella sua aia: quelle stesse cose che non avevo nessuna voglia di fare assieme a mio padre, costringendo Newman a farle al mio posto e mio padre a pagarlo, assieme a Newman le facevo volentieri. Agli stessi oggetti verso cui ostentavo distacco nella mia casa, nella sua mi attaccavo fortemente.

Tutto questo era durato per molti anni, ed era cessato soltanto dopo il mio trasferimento a Roma. Da quel momento non ero piú riuscito a far nulla neanche con Newman, e nelle ultime estati non ero quasi piú andato a fargli compagnia dentro la guardiola: le rare volte che l'avevo fatto, del resto, ci eravamo limitati a ricordare i tempi passati, il suo pozzo e le cavalcate su per i tagliafuoco, e la cosa m'era parsa molto triste. Era bastato che io smettessi di fare quelle cose con lui e lui s'era subito sentito troppo vecchio per poterle fare ancora: cosí, andando a trovarlo, avevo solo l'impressione d'imbrogliarlo.

Per questo nel taxi, mentre ci stavamo avvicinando a Riva Dorata, mi ero chiesto chi ci sarebbe stato alla sbarra: avevo voglia e insieme timore che ci fosse Newman, paura e insieme speranza che ci fosse un altro guardiano, uno nuovo, magari, assunto da poco, che non ci conoscesse nemmeno.

– Se ce n'è uno di quelli nuovi – dissi –, capace che non ci fa entrare.

Il babbo mugugnò senza rispondere, e subito si ritirò nel suo scoppio di tosse. Il tassista continuava a occhieggiare dallo specchietto e rallentò, di colpo, un poco in imbarazzo.

– Qual è il bivio? – domandò –. Non me lo ricordo mai.

Non credo avesse portato molta gente a Riva Dorata con il suo taxi, perché lí tutti avevano anche piú automobili del necessario, e belle, di lusso, Jaguar o Mercedes o Volvo, come aveva anche mio padre prima che gliela pignorassero.

– Il prossimo – risposi –. Subito prima del cartello di curva pericolosa.

Prima della curva pericolosa, infatti, c'era la piccola strada che scendeva dall'Aurelia e si spingeva verso la pineta, attraversando i campi di girasole. L'imboccammo, e il taxi continuò ad avanzare molto piano.

– Sempre dritto?
– Ci andiamo a sbattere contro.

Il caldo non si sentiva solamente, pareva sul

serio di vederlo. Le zaffate d'aria torrida che entravano dal finestrino non davano sollievo, e gli orizzonti lungo i campi tremolavano. Cominciò a sembrarmi assolutamente senza senso la visita che stavamo per fare a uno dei lussi che avevamo perduto, e sperai che mio padre ordinasse improvvisamente al tassista di tornare indietro: eppure ero stato io a proporre quella visita e, finché l'avevo soltanto immaginata, a desiderarla. Ma ora che stava per essere consumata mi accorgevo che chiunque ci fosse alla sbarra mi sarei vergognato dei nostri abiti da città, del taxi e di voler soltanto rivedere una casa che ci era sempre appartenuta.

La sbarra era alzata. Il taxi rallentò e gli occhi del tassista cominciarono a chiedere istruzioni attraverso lo specchietto retrovisore. Nessuno gli disse nulla e lui continuò ad avanzare, adagio, verso la sbarra alzata.

Appena imboccata col muso la soglia dell'ingresso la sbarra si abbassò di colpo fermandosi a pochi centimetri dal parabrezza, come la lama di una ghigliottina fatta cadere a scopi dimostrativi.

– Ehi! – protestò l'autista.

Dalla guardiola spuntò Newman, proprio lui, nella ridicola divisa marroncina da ranger che il consorzio aveva comprato per tutti i guardiani. Sollevò il mento con aria interrogativa, senza insolenza, come gli avevo visto fare un milione di volte dinanzi a una macchina sconosciuta. Il babbo aprí lo sportello e scese con decisione, la stessa, forse eccessiva, che sfoderava per tuffarsi in mare a primavera quando l'acqua era ancora troppo fredda.

– Ci aspetti qui – ordinò.

S'incamminò verso la guardiola. Io finsi di avere perso qualcosa sotto il sedile e rimasi dentro, tastando a casaccio il tappetino lurido del taxi.

– Perso qualcosa? – chiese il tassista.
– Gli occhiali. Devono essere caduti.

Attraverso il finestrino spiai la nuova scena del film hollywoodiano che dopo vent'anni, forse, stavolta era arrivato alla fine: Mitchum, di spalle, andava incontro a Newman, Newman lo riconosceva e gli tendeva la mano, entrambi salivano, sorridendo, sul piedistallo della guardiola. Vidi l'aria benevola ma un poco imbarazzata di Newman, e quella piú distinta di Mitchum mentre parlavano. Sulla schiena di Mitchum, attraverso la sua giacca leggera, color carta da zucchero, notai una chiazza di sudore, oblunga, simile alla sagoma di un gigantesco osso di seppia. I due stavano recitando la scena piú dialogata di tutto il film, parlavano come mai si erano parlati, annuendo, gesticolando e scrollando il capo. Poi vidi Mitchum, sempre sorridente, che si voltava e indicava con la mano verso suo figlio, asserragliato dentro a un taxi, per stanarlo.

– Trovàti – dissi, e uscii allo scoperto.

Avanzai lentamente, sorridendo a mia volta ma, in realtà, quasi paralizzato dalla vergogna.

Strinsi la ruvida mano di Newman e poi fu tutto un fortunale di come va, ti vedo bene, biondino, si tira avanti, non c'è malaccio, mascalzone, cosa vuoi, alla mia età, tu invece, beata gioventú, che mi travolse e mi impedí di capire subito cosa stava succedendo. Gli occhi di Newman esplodevano d'azzurro, veramente, ma la sua voce roca, affaticata, continuava a tenerlo inchiodato a quel pezzo di costa desolata, ai girasoli e ai cinghiali, migliaia di chilometri lontano da Hollywood.

Non sapeva nemmeno chi fosse Paul Newman quando gli avevo svelato, tanti anni prima, che lui gli somigliava.

– Mi dispiace, Cavaliere – stava dicendo –.

Quando me l'hanno detto non ci volevo credere...
— Chi gliel'ha detto?
Il babbo aveva un'aria soddisfatta come si stesse gustando una rivincita.
— Un signore, un giorno, un forestiero...
— Un uomo giovane, con una Lancia Thema?
— Sí, e ha detto a tutti i guardiani di non lasciarla entrare...
— Volevamo solo rivederla... Soprattutto mio figlio...
— Io non... – farfugliava Newman –. Se dipendesse da me... Ma hanno messo i sigilli alla casa e hanno detto che se manca qualcosa siamo noi i responsabili...
— Addirittura...
— Vogliono che io vada in pensione, Cavaliere... Basta che io vi faccia entrare e mi mandano in pensione...
Era davvero la scena finale. Newman impediva a Mitchum di rivedere la sua casa, gli chiudeva la sbarra sul naso. Non c'era nessuna soddisfazione in lui, era veramente affranto e confuso, si vergognava e forse soffriva davvero, ma intanto lo lasciava fuori. Mitchum respirava profondamente, con aria compiaciuta, come lo apprezzasse proprio per quello.
— Che altro le hanno detto?
— Mah – Newman continuava a scrollare il capo –. Il presidente del consorzio, lei sa che tipo è... Ha detto che si tratta di una cosa legale e noi non dovevamo lasciarci...
Tenne in sospeso l'ultima parola, come sperando che noi lo interrompessimo.
— ... Commuovere –. Ma noi tacemmo, e lui dovette pronunciarla.
Mitchum scrollava le spalle, annuiva, non pare-

va affatto offeso o mortificato. Pareva quieto. Newman si lisciava quella sua pelle dura come corteccia, sul collo tormentato da rughe profondissime. Poi Mitchum si girò e scese bruscamente dal piedistallo della guardiola, incamminandosi verso il taxi con il suo passo sempre affrettato.

— Beh, arrivederci – disse –. Mi stia bene...
— Cavaliere, io...

Mio padre era già rientrato nel taxi. Newman mi fissò con il suo sguardo terso e costernato, quasi a implorarmi di fargli un solo cenno perché mi potesse abbracciare e salutare con le lacrime agli occhi come un figlio vero che parte.

— Newman, sei un bastardo. Un bastardo vigliacco ingrato, ecco cosa sei...
— Mi cacciano – ripeté –. Se vedono che vi faccio entrare mi cacciano. Non aspettano altro...
— Un servo miserabile.

Cominciai a indietreggiare, sempre guardandolo, scesi il gradino a ritroso senza smettere d'insultarlo.

— T'ho aiutato per degli anni a riparare il tuo pozzo di merda! La volevamo solo rivedere...
— Perché te la prendi con me? Non te la prendere con me...

Ero già distante da lui, ero già arrivato al taxi, e adesso gridavo.

— Che schifo! Credi davvero che avremmo rubato in casa nostra? Sei un servo, volevamo solo rivederla, solo guardarla!

Mentre Newman si metteva una mano sulla fronte, in una posa di autentica disperazione, o forse solo tentato di reagire ai miei insulti e prendermi a pugni, le braccia di mio padre mi afferrarono per le spalle e mi cacciarono a forza nel taxi.

— Ci porti indietro – ordinò –. Alla stazione.

Il taxi partí, lentamente, e la guardiola, la sbarra e Newman cominciarono a rimpicciolire nel lunotto posteriore.

– Hai torto – mi disse il babbo, seccamente.
– Non me ne frega niente.

L'autista girò la testa e sorrise. Pareva ci ringraziasse per avergli regalato qualcosa di gustoso da raccontare al bar, a tutta quella gente di paese che conosceva bene Newman e lo disprezzava, perché non stava con loro e non aveva bisogno di stare con loro. Alle nostre spalle la sbarra, la guardiola e Newman stavano già scomparendo, in quel modo netto e definitivo che hanno soltanto le cose amate. Mio padre, vicino a me, era tornato la statua di marmo che avevo sempre conosciuto, capace di schierarsi e di combattere dalla parte opposta di quella dove si trovava il suo cuore, solo per fingere di non possederlo.

Quando rientrammo nella stazione l'orologio dell'ingresso segnava l'una e dieci. Lo guardai con molta attenzione e non c'era nessuna scritta sul quadrante. Il ritorno in taxi era stato anche piú silenzioso dell'andata, quell'« hai torto » mi aveva proiettato di nuovo nel mio mondo glabro e immobile dove contano soltanto le distanze. Ero tornato lontano da tutto ciò che accadeva, dai mucchi di soldi in Svizzera e dall'idea di qualsiasi viaggio affrontato per recuperarli, navigavo di nuovo nel mio oceano di cani ammazzati col gas, giochi sospesi a metà, somiglianze e arcane corrispondenze che prima evocavano le cose e poi le facevano sempre accadere. Di nuovo avvertivo una barriera tra me e mio padre, e nulla m'interessava piú che restar fermo a guardarla. Ripensavo soltanto alle cose cessate, la mamma che se n'era andata, Rita che mi aveva lasciato, il pozzo sempre rotto di Newman che non avrei piú aggiustato, il mio intercettatore che avrebbe spiato le telefonate di qualcun altro, la Danimarca astratta che non rivedevo da quindici anni eppure era in me, con le sue coste sfrondate, le isole indisegnabili, l'aria tersa e la sua straordinaria neutralità.

Ci avvicinammo al cartello delle partenze e lo osservammo, ognuno per conto suo: nel giro di un quarto d'ora sarebbero passati due treni, in opposte direzioni, uno per Roma e l'altro per Genova. Quattro minuti, un nonnulla, li separava.

Guardai mio padre, accanto a me, e la sua maschera assorta, impenetrabile, mi parve davvero la carrozzeria di un terzo treno, anch'esso impossibile da arrestare, per Lugano: gli occhi due fari abbassati appena, dritti e paralleli, senz'altra visuale che l'allungarsi in prospettiva dei binari, il naso un rostro tagliente e la bocca una muta sirena, che solo rarissime volte s'impennava in fischi spaventosi.

— Senti — dissi —. Io torno a casa.

Mi scrutò, freddamente, come per trovarmi una macchia da qualche parte.

— Tu lo sapevi che non ci avrebbero fatto entrare. E non m'importa niente di quei soldi, e non mi va che se per una volta io faccio qualcosa tu mi dica che ho torto.

Il babbo annuí, nello stesso identico modo in cui aveva annuito tante volte dinanzi a chi lo aveva tradito: dinanzi alla mamma, per anni, fino all'ultimo, dinanzi a me quando ero partito per Roma e dinanzi a Newman mezz'ora prima quando non aveva voluto sollevare la sua sbarra. Era il suo modo di scagliare addosso agli altri una silenziosa maledizione, che li avrebbe resi incapaci di dimenticare la propria colpa e costretti invece a perpetuarla, ovunque, continuando a commetterla e rimanendone schiavi. Cosí era successo a me, quando avevo rinunciato a seguirlo nella sua fabbrica e lo avevo abbandonato: lui aveva annuito, e il semplice ricordo di quell'assenso mi aveva impedito di seguire, da allora in poi, chiunque altro in qualunque altra cosa. Cosí sicuramente era successo alla mamma, cui lui non aveva mai chiesto di cambiare, di rispettarlo, di amarlo, e che s'era ritrovata alla deriva per il mondo, timonata dalla sua sola incoscienza, a tradire ogni altro uomo e ogni altro figlio che avrebbe ancora avuto, con la muta benedizione di lui. E cosí sarebbe accaduto anche a Newman se io non lo avessi misericordiosamente insultato, se anch'io avessi annuito in silenzio come mio padre: non sarebbe stato piú capace di aprire quella sbarra davanti a nessuno e si sarebbe fatto cacciare, se non per aver lasciato entrare noi, per aver lasciato fuori il presidente del consorzio di Riva Dorata con la sua Jaguar scintillante.

Ci incolonnammo nella piccola coda che c'era alla biglietteria. Quando fu il mio turno dissi freddamente « Roma » e pagai. Poi scivolai di lato e auscultai la voce del babbo che diceva freddamente « Milano, prima classe ». Ci salutammo all'imbocco del sottopassaggio, con un meccanico abbraccio da automi, ma continuammo a fissarci anche dopo, da una sponda all'altra dei binari. L'altoparlante annunciò che il treno per Roma accusava venti minuti di ritardo. Subito dopo annunciò l'arrivo di quello per Genova, in perfetto orario. Sullo sfondo, mentre il treno arrivava e inghiottiva mio padre, faticavo a distinguere la massa possente del promontorio avvolta nella foschia: un tempo, pensai, mi era familiare quella sua mole, i suoi boschi continuamente sbruciacchiati dagli incendi, l'antenna televisiva bianca e rossa sulla cima, le sue grotte con le segrete miniere argentifere. Poi, piano piano, anche dentro di me una foschia come quella aveva avviluppato tutto, tutte le cose, tutti i luoghi, tutte le persone che erano state la mia vita e per un motivo o per l'altro non mi appartenevano piú. Finché nulla mi era piú parso familiare, nemmeno i miei ricordi, nemmeno quella ch'era stata la mia famiglia, nemmeno l'uomo simile a Mitchum che se ne stava andando eppure ero io che abbandonavo lui un'altra volta. No, pensai, cosí non andava bene. Quell'uomo era mio padre.

Quando avevo tredici anni un mio compagno prese un treno al volo, per scommessa, una mattina in cui avevamo marinato le lezioni. Massimo, si chiamava. Al momento di saltare sul gradino scivolò, cadde sotto il vagone e le ruote gli mozzarono tutte e due le gambe. Io ero già salito sul treno e lo guardavo mentre si esibiva nella sua prodezza. Vidi tutto, ma proprio tutto, anche l'infermiere della Misericordia che raccoglieva le gambe dai binari e se le portava via sotto il braccio come due fascine di legna. Avevo impiegato molti anni, dopo quel fatto, per smettere di sognare infermieri che trasportavano chissà dove anche le mie gambe. Cosí, quando mi ritrovai a salire al volo su quel treno per Genova, qualcosa di molto funesto mi si ridestò d'improvviso. La manovra, in sé e per sé, filò liscia senza il minimo intoppo: con la mano trovai subito l'appiglio sullo sportello, con i piedi il supporto del primo gradino, senza scivolare, senza contraccolpi, e in quel momento ero già in viaggio per Genova senza aver dovuto rinunciare a un solo centimetro del mio corpo. Poi, con calma, potei aprire lo sportello ed entrare nel vagone, sotto gli occhi colmi d'ammirazione di un bambino stretto per mano dalla madre, nel corridoio. Ma fu a quel punto, a operazione avvenuta, ormai in salvo, che mi sentii male. Le gambe non mi reggevano piú, mi girava la testa, avevo voglia di vomitare. Mi trascinai nel gabinetto e una volta dentro crollai sul water, lottando disperatamente per non svenire. Errore. Era molto meglio svenire che restarsene cosí tutto quel tempo, non potrei dire quanto, a rivedere con spaventosa precisione ogni dettaglio della remota di-

sgrazia capitata al mio amico Massimo. Era come
se tutto stesse capitando una seconda volta, ma veramente, non era un ricordo, quella scena assurda
io la vivevo di nuovo. Un'allucinazione vera e propria, di quelle che racconta di avere la gente quando si droga.

Ad ogni modo, svenni lo stesso, ma dopo.
Quando ripresi conoscenza ero sdraiato per terra,
con la faccia su un festone di carta igienica bagnata.
Mi tirai su e stavo meglio. Mi appoggiai al lavandino
per lavarmi e sul piccolo specchio che c'era davanti
mi vidi. Vidi un ragazzo biondo di trent'anni, gli occhi celesti, i capelli tirati all'indietro, corti e lisci, i
lineamenti del volto vagamente femminili e identici
a quelli di una ragazza danese che non aveva mai
messo giudizio. Su uno zigomo la carta igienica mi
aveva stinto la scritta violetta « F.S. », ma sciacquandomi la scritta sparí subito, e di tutto quello
che era successo rimaneva soltanto una macchia di
bagnato sulla manica della giacca.

Di nuovo tranquillo uscii dal gabinetto e recuperai la borsa che avevo abbandonato in mezzo al
disimpegno d'ingresso. Il bambino e la madre erano
spariti. Nel corridoio c'erano poche persone in
piedi, appoggiate ai finestrini a farsi spettinare. Le
vidi ritrarsi tutte insieme, spaventate, quando incrociammo un altro treno che fischiò come un forsennato, e io stesso sobbalzai. Doveva essere il
treno per Roma, quello in ritardo, e allora pensai
che tutta la mia avventura nel gabinetto non doveva essere durata molto. Mi sporsi dal finestrino
durante un'ampia curva, scrutando fino alla testa
del convoglio: da qualche parte, dentro a quella
striscia di metallo sparata nella pianura, mio padre
stava proseguendo da solo la sua rincorsa, e c'era

da scommettere che solo un plotone di doganieri col fucile spianato avrebbe potuto fermarlo.

Non mi misi a cercarlo. Mi sedetti su uno strapuntino lí dove mi trovavo, avevo voglia di stare un po' in pace. Tirai fuori il walkman e misi la cuffia alle orecchie, per astrarmi completamente da quell'universo transitorio fatto di alberi che sfilavano via e di passeggeri che li seguivano con lo sguardo. Ma vi fui risucchiato mezza facciata di nastro piú tardi, da un'apparizione improvvisa ed ostile, nel momento esatto in cui la canzone che stavo ascoltando diceva: « *Sei pronto a pagare la tassa del boia?* ». Una mano mi batté sulla spalla, io alzai gli occhi e davanti a me vidi un controllore, impettito come un cigno. Esibii il mio biglietto per Roma, e gli domandai se poteva chiudere un occhio, e non farmi buttare il denaro che mi era costato. L'uomo, uno strano miscuglio di lineamenti tra Bartali e Ernest Borgnine, disse di no sorridendo: non solo « non poteva » rimborsarmi il biglietto per Roma, ma era anche « costretto » a farmi pagare la soprattassa su quello per Milano, poiché lo facevo sul treno. Pareva realmente soddisfatto di scrivere il suo verbale, come se applicare regolamenti e fare contravvenzioni fossero per lui dei veri ideali. Pagai « la tassa del boia » e constatai che nel portafogli, dove prima di partire avevo raccolto tutto il denaro che avevo in casa, mi rimanevano duecentocinquantaseimila lire. In banca doveva esserci ancora qualcosa, mentre il resto dei miei soldi continuava a dissolversi nel carnaio quotidiano della Borsa Valori.

— Chi lo sarebbe venuto a sapere se lei avesse chiuso un occhio? – chiesi al controllore.

— Nessuno. Ma è una questione di principio – rispose, con orgoglio.

Non rimisi la cuffia perché il treno stava per fermarsi a una stazione. Era Grosseto. Durante la sosta io scesi per primo dal vagone e risalii per ultimo, controllando i saliscendi sul marciapiede nel caso che mio padre, per qualche sua oscura ragione, avesse deciso di smontare lí. Non mi parve di vederlo. La stessa operazione ripetei alla fermata successiva, Follonica, e poi a tutte le altre, piccole e deserte, fino a Livorno, e sempre risalivo sul treno quasi sicuro che mio padre vi si trovasse ancora. Preferivo fare cosí che andare a cercarlo negli scompartimenti di prima classe.

La stazione di Livorno, e poi anche quella di Pisa, erano piú affollate, i saliscendi sul marciapiede piú convulsi e piú difficile mi era risalire con la sicurezza che mio padre non fosse sceso. Ma il mio viaggio, ormai, proseguiva lo stesso, anche nell'incertezza, soprattutto in *quella* incertezza, con la fede cieca del parassita in qualcuno che giungerà prima o poi a sfamarlo, a contenerlo, a dare un senso alla sua avventura. C'era tanta gente su quel treno, e io ormai viaggiavo del viaggio di un altro. Il mio lo avevo soltanto incrociato di sfuggita e mi ero anche spaventato per come aveva fischiato, sfiorandomi.

Mitchum scese dal treno a Viareggio. Tra tutti i particolari che avrei dovuto immediatamente riconoscere di lui, le braccia dondolanti, il passo sempre frettoloso, le palpebre a mezz'asta o la fossetta sul mento riconobbi per prima, chissà perché, la valigia scozzese. Scesi a mia volta e lo pedinai lungo il marciapiede, mentre si avventurava per il sottopassaggio senza riuscire a trovare un facchino. Continuai a seguirlo, a distanza, mentre lasciava la valigia al deposito bagagli e comprava le sigarette dal tabaccaio, e pensai che sarebbe stato bello vivere sempre cosí, vicino a mio padre senza che lui lo sapesse, osservandolo nelle sue assurde traiettorie di uomo fallito, e condividere di nascosto quella sua sorte dalla quale, alla luce del sole, m'ero sempre voluto allontanare. E lo stesso aver fatto con mia madre, in tutti quegli anni, averla seguita, spiata, mentre lei inanellava scelleratezze e tradimenti, perduta, strappata troppo giovane alla Danimarca perché potesse mai metter giudizio. Vederli entrambi invecchiare, andare avanti a testa bassa fino in fondo a quella vita cui continuavano a tenere cosí tanto, nonostante tutto. Ed esser lí, a due passi, loro convinti d'avermi perduto e io senza perderli mai. Ma la mamma, ormai, era persa, e quando vidi il babbo uscire all'aperto e dirigersi verso i taxi ebbi la chiara sensazione di stare per perdere anche lui: un solo passo che non fossi stato capace di ripetere, un solo sconosciuto che non fossi stato capace di ignorare come faceva lui, e anche mio padre si sarebbe confuso nella foschia del passato, come la mamma, come Rita, come le montagne e i boschi e le lagune di Riva Dorata e ogni altra cosa che mi era parsa necessaria ma non avevo mai fatto nulla per trattenere.

Mi misi a correre e lo raggiunsi, fermandomi di colpo davanti al taxi su cui stava per salire. Non dissi nulla, lo guardai e basta, per vedere se era sorpreso o no, se era contento o no di vedermi.

– Cristo – disse.

Era sorpreso e contento.

– Perché scendi a Viareggio?

Avevo il fiatone, ma piú per l'emozione che per le quattro falcate di corsa che avevo fatto. Intorno era un tripudio di bermuda e zoccoli, un viavai di persone accaldate e già seppellite nella vacanza. Solo io potevo sapere quanto poco era mancato che ri-

manessi fermo sul marciapiede, a guardarlo svanire nella folla.
— Cristo — ripeté —. Tu sei proprio pazzo.
Insistei per conoscere la ragione della sua fermata a Viareggio, da un treno diretto a Genova, lui che aveva in tasca un biglietto per Milano e doveva concludere la sua corsa a Lugano. Mi sembrava il rimbalzo impazzito di una palla magica, di quelle con cui si gioca un po' e poi finiscono perse dietro agli armadi, e nessuno ne sa piú niente.
— Pensavo di fare una visitina al curatore — rispose.
— Quello che ti ha braccato come un mastino? Quello che ci ha messo il telefono sotto controllo?
— È in vacanza, e mi ha lasciato l'indirizzo...
— Quello che ha messo i sigilli a Riva Dorata e ha raccomandato a Newman di non lasciarci entrare?
— È un buon diavolo — disse.

Il curatore aveva lasciato sul serio il suo indirizzo di Viareggio a mio padre, gli aveva detto veramente di andarlo a trovare durante le vacanze. Cominciai a chiedermi che razza di uomo fosse per legare con lui fino a quel punto mentre, nello stesso tempo, gli portava via tutto e gli metteva sotto controllo il telefono. Erano le cinque meno un quarto e decidemmo di cercarlo prima allo stabilimento, poiché era probabile che fosse ancora sulla spiaggia. Lasciai anche la mia borsa al deposito bagagli e poi salimmo sul taxi.

– Bagno « La Pace » – disse mio padre.

Sfilammo per le strade e le piazze della città, che mano a mano diventavano sempre piú finte e balneari, con un continuo flusso di persone che risalivano dal mare verso le case ancora stordite dal solleone. Il caldo africano stava appena allentando la morsa ma aveva ormai fiaccato ogni cosa, lasciandosi dietro una scia di facce stravolte e di asciugamani stropicciati. Passammo anche davanti alla casa di Rita, la casa dei suoi genitori, dove lei andava in villeggiatura e anch'io ero stato, molte volte, prima che lei mi lasciasse per sposare quell'attore. Erano passati sei anni ed era la prima volta, da allora, che ritornavo a Viareggio.

Costeggiammo per un tratto la passeggiata a mare, col suo contorno di grandi alberghi un po' fuori moda e bandiere, e palme, e gente mezza nuda. Pensando che buona parte della nazione si trovava, in quel momento, in quelle condizioni, ne ebbi un'impressione di assoluta debolezza. Mi accorsi che non appena uno cessa di spartire certe abitudini con gli altri, subito gli sembrano stupide: quando avevo passeggiato anch'io sul lungomare, assieme a Rita, coi pantaloni corti, i capelli bagnati e le spalle unte di olio abbronzante, non mi ero mai sentito ridicolo come ora mi parevano tutti i villeggianti. Basta tirarsene fuori e anche la villeggiatura diventa qualcosa di veramente stupido, quasi indecente.

Scendemmo davanti al bagno « La Pace » e ci incamminammo verso lo stabilimento, traversando la passeggiata che era in pugno a un manipolo di ragazzini sugli skateboard. Il bagno era piuttosto ordinario, con due file di cabine che si inoltravano sulla spiaggia, riverniciate da poco di beige e marrone. Molte persone vi si aggiravano in assoluta familiarità, gocciolando o pettinandosi davanti agli specchi, in pose sempre troppo intime per essere assunte con quella disinvoltura. Camminando in mezzo a loro assieme a mio padre, vestiti entrambi completamente da città, provai lo stesso imbarazzo di quando ero salito, una volta, sul palcoscenico di un teatro dove Rita provava una commedia: mi sentivo estraneo, come allora, alle convenzioni che regolavano il luogo e la normalità del mio abbigliamento, la compostezza dei miei gesti, finivano per sembrarmi, in quel quadro, stravaganti.

Al bar mio padre chiese del curatore a una vecchia signora che sprofondava dietro al banco. Quella uscí, infilò in una stanza dove stava scritto « SEGRETERIA » e ricomparve subito dopo, annuendo col capo. Somigliava a una donna di servizio che avevamo avuto tanti anni prima, quando c'era ancora la mamma, e che fu licenziata perché rubava i coltelli. Una buona donna, non s'è mai saputo cosa se ne facesse.

L'altoparlante prese a gracchiare e a scoppiettare, poi lanciò il messaggio verso la riva: « Il dottor Maccioni è desiderato al bar ». Il messaggio fu ripetuto due volte. Io scrutavo le passerelle di legno che si spingevano sulla spiaggia per vedervi comparire un uomo che, d'altra parte, non riuscivo assolutamente a immaginare. Visti cosí, poi, in costume da bagno, le schiene picchiettate di nei, le vite fasciate da vistose cinture di grasso, tutti gli uomini parevano uguali, e nessuno di loro capace di tenere in pugno mio padre e braccarlo e spogliarlo di tutti i suoi averi.

Infatti non lo vidi arrivare. Lo vidi soltanto quando era già arrivato, e si allargava in un gran sorriso stupito tendendo la mano a mio padre.

– Cavaliere! Che bella sorpresa!

Cercai di decifrarlo, mondandolo di tutte le piccole vergogne che in quel momento erano visibili solo perché apparteneva a un mondo in cui la gente si aggirava in mutande. Trascurai le gambe a X, tentando di coprirle con un paio di pantaloni di flanella, o di gabardine: mascherai i lombi cascanti e tutto il busto glabro, un po' flaccido, con una camicia bianca pulita e stirata: corressi le spalle a pinguino con una giacca pied-de-poule di taglio moderno, squadrata, ed ebbi finalmente davanti un uomo che poteva anche aver messo mio padre alle corde.

– ... Proprio contento...

Mi concentrai sul viso e le mani, le uniche parti del suo corpo che non venivano coperte dall'uniforme con cui, per undici mesi l'anno, !ui andava in giro a scovare e pignorare le cose della gente, e notai che erano le parti migliori: allenate com'erano a farsi vedere, nude, da tutti, finivano per essere persino gradevoli.

— ... Con la famiglia, cosa vuole...
— Le presento mio figlio — disse il babbo.
— Oh, l'*artista*! Suo padre non ha fatto altro che parlarmi di lei!

Lanciai un'occhiata al babbo, che la ricambiò maliziosamente, mentre il curatore ci guardava entrambi con soddisfazione.

— Non vi somigliate affatto — disse —. Proprio diversi.
— Somiglia molto alla madre.
— Già — osservò il curatore —. Anche i miei figli sono biondi e non mi somigliano affatto. Che ingratitudine...

Ridendo ci fece sedere su delle poltroncine di metallo e ci offrí da bere. Mentre parlava del piú e del meno continuò a far tintinnare il ghiaccio dentro al bicchiere finché non si fu sciolto del tutto. Ci mostrò un'ampia spellatura sulla schiena, frutto delle prime bordate di iodio, poiché era in vacanza da appena due giorni. Poi cercò di giustificare l'atmosfera un po' dimessa dello stabilimento associandola a una torbida faccenda che l'aveva riguardato in passato, parlandone come se anche noi ne fossimo al corrente mentre io, invece, non ricordavo nulla.

— Il *famoso* bagno « La Pace » — disse —. Dopo quel fatto i clienti sono cambiati quasi tutti.

Infine ci invitò sotto l'ombrellone, offrendoci la sua cabina e i suoi costumi perché ci spogliassimo: io e il babbo, completamente d'accordo, preferimmo rimanere vestiti nonostante le sue insistenze, e lo seguimmo sulla spiaggia senza nemmeno sfilarci le scarpe. Era un vantaggio troppo grande rimanere tutti vestiti in mezzo a gente nuda.

Affondando i piedi nella sabbia fine sentivo le scarpe che se ne riempivano, la stessa cosa osservai in quelle del babbo, e mi compiacqui di come entrambi continuammo a tenerle: i funzionari della finanza che, mi augurai, un giorno o l'altro sarebbero piombati lí ad arrestare quell'uomo, avrebbero fatto lo stesso. Anche se mio padre gli dimostrava un'autentica simpatia, non riuscivo a smettere di considerarlo un individuo spregevole: simpatico o no, la sua professione rimaneva braccare e tormentare la gente nei guai, e se la esercitava voleva dire che se l'era scelta. Non ho mai creduto ai liberi professionisti che prendono le distanze dal proprio lavoro, come quegli ex nazisti che per chieder perdono delle nefandezze compiute affermavano di avere soltanto « eseguito degli ordini ».

La moglie del curatore, sdraiata su un lettino sotto l'ombrellone, era quel tipo di donna che un marito, invece di presentarla agli amici, farebbe meglio a rinchiudere in cabina. I capelli biondastri e tinti, le labbra impiastricciate di un cupo rossetto, gli occhi cerchiati di un trucco volgare, azzurrognolo, che invano si sforzava di mascherare le occhiaie, trasportava la smorfia eternamente sofferente di chi è troppo rozzo per capire le cose del mondo. Certo, almeno lei non lo aveva piantato in asso, magari non l'aveva mai nemmeno tradito, e non avrebbe abbandonato i suoi figli per andarsene con un antiquario come aveva fatto mia madre: ma era troppo poco lo stesso perché l'uomo che la accompagnava non dovesse in qualche modo vergognarsene. Io, di certo, me ne vergognai per lui quando le dissi « molto lieto » stringendo la sua mano sudata, e anche nel babbo notai un certo imbarazzo, abituato com'era a una moglie capace forse di andare a letto con tutti i suoi amici, ma non di deprimerli col suo squallore.

Sotto l'ombrellone, come si trattasse di un luogo più intimo e discreto, il curatore affrontò temi un poco più delicati, e chiese a mio padre come se la passasse e cosa avesse intenzione di fare adesso. Subito dopo, però, attaccò a lamentarsi lui del mondo, della terra intera, a un livello talmente generale che pareva rilasciasse dichiarazioni davanti alle telecamere, circondato di microfoni. Espresse « serie preoccupazioni » sulla crisi nel Mediterraneo, dei cui sviluppi si teneva costantemente informato tramite una radio a transistor che ciondolava dalle staffe dell'ombrellone. Sfoggiò un'approfondita preparazione in fatto di armamenti, potenze di fuoco e dislocamenti di portaerei, che mi fece pensare a qualche sua collezione di navine da guerra e soldatini di piombo, se non di armi vere e proprie, custodita gelosamente in bacheche di cristallo nel salotto buono ed esibita con orgoglio ai suoi ospiti, magari anche a mio padre.

Sulla spiaggia la calca quotidiana si andava diradando, ma verso la riva era ancora un pullulare di persone, di ogni età, in ogni posizione, dedite a ogni tipo di passatempo: nell'acqua color verde marcio pochi facevano il bagno e tutta la costa era infestata di windsurf. Ma non c'era un filo di vento e i triangoli colorati delle vele, immobili, parevano le bandierine che i generali infilano nelle mappe durante le battaglie.

Sulla sinistra, un poco velati dalla foschia, incombevano i tentacoli metallici della darsena, le gru altissime nelle loro pose da brontosauro, e un immenso carro-ponte a strisce bianche e rosse che

stagliava contro il cielo pallido l'enigmatica scritta
« SEC ».

Si avvicinò al curatore un ragazzino orribile, che
pareva piú che altro un neonato gigante, e gli chiese
a testa bassa il permesso di usare un certo rastrello
per pescare le arselle: il curatore lo costrinse a sa-
lutarci col rispetto e l'educazione che lui gli aveva
insegnato e poi, a tradimento, gli negò il permesso
richiesto, poiché entro un quarto d'ora se ne sarebbero andati a casa. Il figlio accennò una timida protesta, affermando che un certo Claudio stava pe-
scando *centinaia* di arselle in una nuova secca appena scoperta, e il curatore lo agghiacciò con un
rimprovero neanche troppo severo ma che bastò a
farlo ammutolire all'istante. In effetti, per sua vera
sfortuna, il ragazzino non assomigliava affatto al
padre: aveva, al contrario, qualcosa di abnorme,
dappertutto, come una costante esagerazione di ogni
singola caratteristica, e il risultato era quell'aspetto
inquietante riguardo al quale dovevano essere già
stati interpellati numerosi pediatri. Aveva capelli
color ovatta realmente troppo stopposi, una testa
ciondolante sul collo tonda e gonfia come una boa
di segnalazione, e gli occhi, due biglie trasparenti,
li teneva davvero troppo bassi perché la sua timidezza non fosse preoccupante. Il fisico cetriolesco
pareva ormai incorreggibile anche col ricorso a
massacranti sedute di ginnastica, che del resto avrebbe affrontato comunque, in capo a un paio d'anni,
dopo aver conosciuto le prime frustrazioni con l'altro sesso. Non era, in verità, minorato o subnor-
male, pareva soltanto uno di quei ragazzini molto
strani e bruttissimi che avevo conosciuto anch'io,
pericolosamente fissati con la scienza, capaci d'elencare a memoria tutte le specie di ragni esistenti al
mondo ma anche di crepare nel garage, soffocati

dallo scappamento della macchina del padre, durante un loro misterioso esperimento.

Se ne tornò mestamente verso la riva a guardare il suo amico Claudio fare incetta di arselle, mentre il padre lo accompagnava con uno sguardo indulgente e un po' fiero dell'obbedienza che lui gli aveva dimostrato.

— Ecco — disse —, io sono preoccupato per il mondo che gli lasceremo.

Lo disse davvero come se suo figlio fosse l'erede universale dell'universo. Poi guardò me, poi mio padre, mentre la moglie s'era incantata a fissare il fusto dell'ombrellone, come a spiegarsene la rotondità.

— Ecco — riprese —, io la invidio, un po', Cavaliere. Lei ha un figlio già grande, sano... — mi sorrise —, che può difendersi da solo... Se penso a tutto quello che i miei figli devono ancora affrontare mi viene paura, le giuro: il vuoto di valori, la droga, la pornografia... Suo figlio l'ha già superato, almeno su quello lei può stare tranquillo. E poi queste notizie dal mondo, la paura di questa bomba...

Pensai di sbugiardarlo lí su due piedi, per lo meno riguardo alla faccenda del vuoto di valori, ma lui mi si rivolse direttamente e non me ne lasciò il tempo.

— Suo padre mi ha parlato molto di lei, con orgoglio. E lo capisco, perché non è da tutti avere un figlio pittore, che gira il mondo...

Pittore. Non si era levato dalla testa quella sua idea che io fossi andato a Roma a fare l'*artista*. Con la coda dell'occhio guardai il babbo, che gongolava dinanzi al frutto delle proprie invenzioni.

— Lei capisce — continuò il curatore —; noi siamo gente piú semplice, lavoratori... Mandiamo avanti una famiglia e il mestiere che facciamo ci inchioda

a una certa vita... Vivere d'arte ci pare qualcosa di talmente distante, di cosí ideale, che lo vediamo quasi come un imbroglio...
— Talvolta lo è — dissi.
— Per carità, non mi fraintenda... È una specie di rammarico che abbiamo, un nostro complesso... Quando vediamo qualcuno capace di vivere d'arte, come lei, ci viene da pensare che allora abbiamo sbagliato tutto...

Mi chiesi se stava utilizzando il plurale maiestatis o se intendeva coinvolgere anche mio padre in quella sua frustrazione piccolo borghese.
— Allora — dissi — è la vita semplice che è un imbroglio...
— Già — sorrise —, forse... E adesso cosa sta facendo? Ha qualche mostra da qualche parte? Suo padre mi ha raccontato dei suoi viaggi in America.

Si doveva divertire molto, mio padre, le palpebre gli si abbassavano sempre di piú.
— A Lugano — risposi —. Fra tre giorni espongo alla Triennale di Lugano.

Il babbo ne ebbe un immediato contraccolpo e abbandonò la sua espressione giuliva.
— Ah — fece il curatore —. È una cosa importante?
— Beh, sí. È la piú grande rassegna d'arte astratta del mondo. Ci espongono artisti di tutti i paesi.
— Ma guarda... Non pensavo che in Svizzera si interessassero tanto di arte...
— Al contrario — spiegai —. È uno dei paesi piú vivi, piú all'avanguardia. Organizza manifestazioni prestigiose...
— La Triennale di Lugano — confermò il babbo.
— Dove c'è sovrappiú sociale, dove circola denaro, fatalmente fiorisce l'arte...
— Già — rifletté il curatore —. È vero. Anche

nelle polis greche... – s'interruppe, forse per essere in tempo a ritrattare tutto nel caso si fosse ricordato male, e nelle polis greche non fosse affatto fiorita l'arte. Lo vedevo molto cauto, consapevole di avere davanti un vero artista internazionale in grado ogni istante di contraddirlo. E l'arte, per di piú, non doveva essere il suo argomento preferito di conversazione.

– Lo porto con me – dissi, indicando mio padre con il capo –. Gli farà bene, si rilasserà...

– A Lugano... – ripeté il curatore. Pareva alle prese con un residuo di perplessità, ineliminabile, forse, in chi cura fallimenti e in Svizzera ci va soltanto per scovare conti correnti clandestini.

– E poi a Salisburgo – aggiunsi –, per le celebrazioni mozartiane, e in Danimarca, alla fine d'agosto, al Festival degli Amleti.

– *Festival degli Amleti*? – domandò.

Ora ero io a gongolare, constatando come il babbo si sforzava a mascherare un certo disagio.

– Si chiama cosí – spiegai –. Una ventina di compagnie di diversi paesi del mondo presenteranno una propria versione dell'Amleto, nei teatri, nelle piazze, nei parchi... Una specie di omaggio di Copenhagen al suo figlio piú celebre...

– Beh, interessante – convenne il curatore –. Magari uno non capisce molto per via della lingua ma...

– E cosa c'è da capire? Ormai lo sappiamo tutti quello che succede al povero Amleto... Madre adultera, padre fatto fuori a tradimento, solo imbroglioni d'attorno...

– Già, appunto – disse il curatore.

Si sarebbe detto che non conoscesse affatto la storia dell'Amleto, e non sapesse nemmeno che Amleto era principe di Danimarca: ma gli uomini furbi, in genere, sono molto meno ignoranti di quanto lasciano credere, e se lui aveva messo sotto mio padre doveva essere almeno furbo.

— In effetti dev'essere molto interessante — riprese —. Il *Festival degli Amleti*... Mi piacerebbe un giorno o l'altro vedere una cosa del genere.

— Perché non viene, allora, con la sua signora?

Guardai sua moglie, che si esaminava le unghie delle mani, laccate di un rosso porporino.

— E dove lo trovo il tempo? Sarebbe bello, ma...

— È tra quindici giorni! — insistei —. Lei sarà ancora in ferie, e potremmo ospitarvi noi a Copenhagen. Abbiamo una casa, là.

Mi guardai intorno, sorridendo, per gustarmi gli effetti dell'*enormità* che avevo appena pronunciato. Il curatore, letteralmente, sobbalzò.

— Una casa a Copenhagen?

— No... Macché casa... — disse il babbo, drizzandosi sulla sdraio —. I miei ex suoceri vivono là. Sono danesi, ma non li vediamo da tanti anni...

— Sono pur sempre i miei nonni! Vorrei vedere che non mi ospitassero nella loro casa, con qualche amico...

— Beh — osservò il curatore —. C'è una certa differenza...

Ridacchiava, visibilmente sollevato. Chissà, sperai, forse per un istante aveva davvero pensato di dover piantare ferie e famiglia e volare fino a Copenhagen per sequestrare un'altra casa a mio padre, chiuderla con i sigilli e raccomandare al custode di non lasciarlo nemmeno avvicinare.

— Mio figlio è sempre un po' sbrigativo nei suoi inviti...

— E comunque le mie ferie finiscono il venti, perciò...

— Che peccato...
— Ma stasera — disse il babbo —, la invitiamo davvero, a mangiare il pesce al « Garibaldino ».
— Ah, no! — scattò il curatore —. Il pesce lo andiamo a mangiare, ma voi siete ospiti miei!
— L'invito l'ho fatto prima io...
— Neanche a parlarne! Tra l'altro, ora che mi ci fa pensare, io le devo davvero una cena. Si ricorda quando la venivo a trovare in ospedale, e giocavamo a ramino? Mi vinse un paio di cene, si ricorda?
— Non mi pare proprio...
*Ospedale.* Che c'era andato a fare mio padre in un ospedale? Quando?
— Eccome! E quando si tratta di debiti di gioco...
Ero ammutolito. M'era parso di star dominando la scena, mi ero calato cosí bene nella parte, mi stavo quasi divertendo, cosa significava *ospedale*?
— Insisto per il « Garibaldino ».
Il curatore fallimentare che andava a trovare mio padre in un ospedale, e ci giocava a ramino, e ci perdeva le cene, magari apposta, per non infierire...
— E poi il « Garibaldino » è passato di moda! Lo so io dove si mangia il pesce piú buono di tutta la Versilia!
*Ospedale.* Non riuscivo a credere che il babbo non mi avesse detto niente. Forse s'era trattato soltanto di un'analisi, un check-up, una cosa senza importanza...
— Se è passato di moda non lo so...
O un interventino da nulla, una verruca, un orzaiuolo.
— ... Un'insalata di scampi che è una favola, vero Marta?

La moglie del curatore non pareva minimamente coinvolta nella battaglia di inviti tra mio padre e suo marito. Dritta sul lettino scrutava le lontananze della darsena, in direzione del carroponte con la scritta « SEC ». Forse sognava d'esser sollevata, un giorno, da una di quelle gru, e fatta frullare nell'aria come una fionda, per vedere se le sarebbe riuscito sorridere.

La cena vinta a ramino da mio padre all'ospedale fu consumata in un ristorante all'aperto sulla Costa dei Barbari, dall'aria fasulla e infestato di insetti. Uno dei tipici locali di lusso mascherati da trattoria di una volta, con i proprietari travestiti da pescatori e un menu bastardo in cui si alternavano scampi e acciughe, aragoste e baccalà, talvolta mescolati assieme in sconcertanti combinazioni. Uno dei tanti omaggi alle tradizioni locali, di cui l'industria turistica si fa vanto subito dopo averle strangolate. Tuttavia, mangiai parecchio e con gusto: si trattava del primo pasto vero e proprio che consumavo da quando il babbo era arrivato, e sebbene io non abbia mai sopravvalutato l'importanza dei bisogni fisici scoprii di essere veramente affamato.

Il curatore era molto in confidenza con i proprietari del ristorante, il che ci fruttò il *miglior tavolo* con vista sulla sterpaglia e una serie di finte confidenze marinare ogni qualvolta uno dei gestori veniva a prendere un'ordinazione. La famigliola, per cena, s'era riunita al completo, e noi potemmo ammirarne l'ultimo gioiello, che in spiaggia non s'era fatto vedere. Era un altro neonato gigante come il fratello maggiore, forse meno mostruoso ma certo piú invadente e antipatico, per il quale il curatore ostentava un'irresistibile predilezione. Biondastro anche lui, somigliava molto piú dell'altro alla madre, da cui aveva anche ereditato l'inclinazione verso gli impiastri: lei se li infliggeva sul viso, sotto forma di fondo tinta, rimmel e ombretto spessi un dito, mentre lui li riservava ai vestiti, alla tovaglia e ai tovaglioli attraverso un sapiente lavoro di schizzi. Alla fine della cena, attorno a lui, non c'era un solo centimetro quadrato nel raggio di mezzo metro che non fosse macchiato di sugo: i cibi che ci furono serviti erano tutti a base di pomodoro, e pareva davvero che il bambino avesse sgozzato un agnello sacrificale.

Il curatore si mostrava commosso della sua ingordigia, spesso lo accarezzava e lo stringeva a sé dicendo « mangia che è un piacere », oppure « bel porcellino di papà », oppure « è una sagoma »: tali manovre gli costarono numerose chiazze di pomodoro sulla camicia, che lui parve apprezzare come profonde attestazioni di affetto. L'altro figlio se ne stava in disparte, l'enorme testa china sul piatto, forse ancora ferito dal rimprovero subíto sulla spiaggia e dalla mortificazione patita davanti al suo amico Claudio, che gli aveva pescato centinaia di arselle sotto il naso. Di lui il curatore si occupò piú saltuariamente, dicendo soltanto « Lui è piú serio » e « ha una memoria straordinaria ».

La moglie intervenne solo una volta, girando la testa prima verso il piú piccolo e poi verso il piú grande, e dicendo « la cicala e la formica ».

Era chiaro che dei due quello destinato a soffrire veramente, forsennatamente, nella vita, era il grande, il « piú serio », quello con la « memoria straordinaria », la *formica*: mi tornò in mente una vecchia barzelletta in cui la cicala passa, d'estate, in Rolls Royce, a trovare la formica tutta impegnata a procurarsi le provviste per l'inverno, e le comunica di star partendo per la Costa Azzurra, poi per le Baleari e infine per Parigi. La formica l'ascolta, sudata, un enorme chicco di grano sulle spalle, e alla fine le dice: « Visto che passi da Parigi fammi un piacere: se vedi La Fontaine mandalo a fare in culo da parte mia ». Non la raccontai, non perché m'imbarazzasse quella piccola volgarità finale, ma perché non avrei scommesso un centesimo sul fatto che la moglie del curatore sapesse chi era La Fontaine.

Seguii a sprazzi la conversazione durante la cena, ancora inchiodato al silenzio dalla storia dell'ospedale cui non smettevo di pensare. Guardavo mio padre che sembrava disteso, a suo agio, e cercavo d'immaginare cosa aveva avuto, quanto tempo era stato ricoverato, e perché non mi avesse detto niente. Per la prima volta, forse, in vita mia, mi preoccupai della sua salute, perché in passato era sempre stato cosí sano da farmi sospettare che fosse invulnerabile.

Solo una volta, quando c'era ancora la mamma, l'avevo visto contorcersi nel letto gridando per il dolore, e un dottore era piombato a casa in piena notte per curarlo. Era un attacco di calcoli renali. Qualche iniezione di morfina, ancora dolori per qualche giorno, e poi il suo male era finito dentro la tazza del water, umiliato in quel modo per avere osato sfidarlo.

Emblematico che si trattasse proprio dell'antico « mal di pietra », come se a furia d'indurire il suo cuore una scheggia se ne fosse staccata e gli avesse tagliuzzato le viscere prima di uscire.

Lo osservai, durante la cena, e non mi parve avesse l'aria di uno che usciva da una degenza d'ospedale: pensai che si doveva essere trattato sul serio di qualche sciocchezza, di qualche esame, o al massimo un altro attacco di mal di pietra, dopo vent'anni, liquidato in fretta come il primo. Ma continuava a bruciarmi che non me l'avesse nemmeno detto e che avesse, al contrario, sempre risposto « benone » quando ci si sentiva per telefono e io gli domandavo come stava. Invece, magari, mi stava telefonando proprio dall'ospedale, subito dopo aver giocato a carte col curatore fallimentare che pur di non mollarlo un attimo andava a sostituire me e la mamma al suo capezzale.

D'altra parte, anch'io non gli avevo detto nulla del mio incidente notturno con la macchina azzurra, della clavicola fratturata e delle profonde cicatrici che mi erano rimaste scolpite nelle ginocchia: anch'io mi ero preso la soddisfazione di dirgli « scoppio di salute » da dentro un busto di gesso in momenti di umiliante necessità. Anch'io avevo superato quei momenti ricorrendo a persone estranee, quasi sconosciute e forse anche vagamente interessate, come lui al curatore.

Subito dopo aver divorato uno di quei « sorbetti di una volta » fatto con le gelatiere automatiche tedesche, la cicala e la formica si dispersero per i sentieri tracciati nella sterpaglia in direzione della spiaggia libera. Di là provenivano rosse vampate di falò e cori e arpeggi di chitarra. La madre li seguí, impacciata nel suo vestito fasciante color viola plumbeo, e noi due rimanemmo soli con il curatore. Fissando verso il mare, contro un orizzonte appena piú chiaro del vestito di sua moglie, l'uomo attaccò di nuovo a parlare del mondo, della vita e di tutte le cose che non andavano, con molta malinconia. Dichiarò di essere molto affezionato alla Costa dei Barbari, quel pezzo di litorale ancora spoglio e selvaggio ignorato dai piú: c'era stato tante volte, affermò, da giovane, in bicicletta, la domenica, ai tempi in cui « c'erano meno soldi » e « ci si divertiva con cosí poco ». Adesso, lamentò, anche quel tratto di costa stava andando in malora, con l'avanzata dei nuovi stabilimenti, le faide politiche tra cooperative e le « bande di barboni » che ci andavano con i sacchi a pelo a dormire e a drogarsi. Il risultato era quella specie di immensa discarica di rifiuti che vedevamo stemperarsi nel buio, e quell'odore acre di immondizia che se ne sprigionava.

— Dovreste vedere di giorno — disse — la distesa di siringhe sulla sabbia.

E ricominciò, come sotto l'ombrellone, a elencare le identiche preoccupazioni sul futuro dei suoi figli. Soprattutto riguardo al maggiore, la formica, mi sentivo di condividere in pieno le sue ansie, anche se ero convinto che non c'era bisogno di scomodare la droga o le guerre per pronosticargli un avvenire piuttosto cupo: per lui, che nel mondo ci fossero tutte quelle « brutture », come le chiamava suo padre, poteva essere addirittura un sollievo, perché gli fornivano delle ragioni un po' meno personali dietro le quali mascherare la propria sofferenza. Cercai di seguirlo con lo sguardo mentre caracollava oltre le piccole dune erbose, continuamente stuzzicato dal fratellino, scuotendo quel suo testone, e non vedevo scampo, per lui, veramente. Tanto valeva, pensai, tirarlo da una parte, subito, e sussurrargli in una delle sue enormi orecchie che si può avere la memoria migliore del mondo ma per alcuni, dalla nascita, davvero, *ognuno reca dolore e l'ultimo uccide.*

Ormai mangiati dalle zanzare ci alzammo dal tavolo, incamminandoci anche noi verso la spiaggia libera. I sentieri nella sterpaglia si biforcavano continuamente, non si capiva bene il motivo. S'era fatto buio, e la luna non c'era. Sulla sabbia inciampavamo spesso, c'erano legni e lattine vuote e rifiuti d'ogni genere, però non vidi siringhe. Ci spingemmo fino alla riva del mare, a pochi metri dalla battigia, dove una striscia nera di lavarone somigliava a una lunghissima gomena marcita. L'acqua era immobile: che un'*onda* potesse spingersi fino a noi e bagnarci le scarpe mi parve la cosa piú improbabile del mondo. Io e il babbo accendemmo una sigaretta, e il curatore si contentò di respirare a pieni polmoni l'aria infetta.

– Sa Cavaliere – attaccò –, all'inizio io non mi fidavo di lei.

Nel buio la sua espressione sembrava autentica. Il babbo taceva, si scompose solo un istante per tossire e continuò a fumare.

– Io non la conoscevo, non sapevo che lei era un galantuomo. Non capivo perché lei avesse rifiutato ogni proposta di concordato, le ultime erano anche vantaggiose... Ero convinto, pensi, che il fallimento fosse procurato...

Il babbo sollevò appena la testa come volesse parlare, ma rimase muto.

– Aveva ignorato tutte le possibilità di salvare la situazione, non riuscivo a capire, riuscivo soltanto a sospettare... Le sono stato addosso per questo, all'inizio... Poi però ho cominciato a conoscerla, credo di poter dire d'averla conosciuta profondamente. Ho una certa esperienza in fatto di psiche umana, è necessario col lavoro che faccio... E ho capito, un poco alla volta, il significato delle sue scelte. Mi sono reso conto della sua integrità, integrità *morale*, lei capisce quello che intendo... Ho capito che un uomo come lei non poteva fare altrimenti, che qualsiasi compromesso, a quel punto, lei non poteva prenderlo in considerazione... Ho capito che il suo fallimento, cosí improvviso e, diciamolo pure, cosí onesto, doveva essere considerato un esempio. Quasi un'accusa lanciata su un mondo che non riconosce piú, oramai, certi valori...

Era una sparata terribilmente retorica, ma si capiva che il curatore la stava covando da molto tempo. Del resto il babbo sapeva darla a intendere come pochi, era un maestro nel lasciare addosso agli altri dei pesantissimi sensi di colpa. Lo guardai: era indegno di quegli elogi, non possedeva affatto le qualità morali di cui parlava il curatore, aveva soltanto saputo soffrire, in silenzio, ed attendere il momento del riscatto, mescolando insieme l'onestà e l'imbroglio, riuscendo a *sopportare* d'averlo fatto. Questa, casomai, era la sua grandezza. Sapeva rinunciare all'innocenza, sapeva vivere. Il curatore non aveva capito nulla di lui, con tutta la sua esperienza in fatto di psiche umana, eppure le cose che diceva, alla fine, erano giuste lo stesso.

– Ho capito il suo *harakiri* e l'ho ammirata, Cavaliere. Io ho dovuto continuare a indagare, fino in fondo, ma avevo già capito che lei era pulito... Era un dovere, per me, lei lo sa... Io l'ho perseguitata, si può dire, l'ho fatta pedinare e spiare, ma mi sentivo già dalla sua parte, e ogni giorno ero felice di non avere scoperto nulla, di constatare che tutto il mio lavoro era vano... Questo io avevo bisogno di dirglielo, e sono contento di dirglielo davanti a suo figlio, che è un idealista. E per quel poco che la potrà consolare le dico che questa storia mi ha insegnato molte cose... Adesso so come mi dovrò comportare anch'io se un giorno, facciamo gli scongiuri...

Accuratamente il babbo evitava di incrociare il mio sguardo. Con quel buio non era difficile, e nessuno avrebbe potuto dire che lo evitava di proposito. Si gustava da solo la sua soddisfazione, a testa alta, lo sguardo gettato nel mare nero, che sembrava fatto con i teloni come nei film di Fellini.

Ci raggiunse, alle spalle, il figlio piccolo del curatore, che piagnucolò insistendo per andare via. Piú lontano la moglie e la formica girellavano con le scarpe in mano, e mi parve quella la vera protesta cui dare ascolto. Ci alzammo. Quando gli fu vicino, il figlio piú grande mostrò al padre qualcosa che aveva raccolto sulla sabbia. Da come gli biancheggiò per un attimo nella mano pensai si trattasse di un preservativo, anche perché il padre gli intimò di gettarlo via e di andare a lavarsi le mani. Il ragazzino caracollò fino alla riva del mare e si sciacquò, ma si bagnò tutte le scarpe.

Mentre tornavamo verso la macchina passammo vicino a uno di quei falò, attorno al quale certi ragazzi stavano cantando *Mr. Bojangles*.

Ci stipammo in sei nella Lancia Thema del curatore, la moglie davanti insieme alla cicala, e ripartimmo verso il centro. Appena oltrepassato il canale esplose di nuovo la ressa che sulla Costa dei Barbari ero riuscito a dimenticare. Erano solo le dieci, e per la gente che si riversava sulla passeggiata la notte doveva ancora cominciare. Il curatore ci invitò a casa sua a bere un bicchiere di Porto ma il babbo rifiutò, chiedendo che ci accompagnasse alla stazione. La sua richiesta sorprese anche me: m'ero dimenticato che eravamo ancora in viaggio verso Milano, che i soldi stavano ancora dentro una banca svizzera e che io dovevo ancora rischiare la galera per recuperarli. Da come il curatore m'era parso ingannato avevo finito per confondermi e credere che tutto fosse già successo. Il curatore obiettò che era tardi e ci suggerí di partire l'indomani: per la notte ci avrebbe sistemato nella sua camera degli ospiti, « un po' piccola », disse, « ma senza umidità ». Il babbo rifiutò di nuovo, affermando che avevamo la prenotazione su un fantomatico treno delle undici per Bologna. Probabilmente un treno del genere non esisteva nemmeno, ma il curatore non si mise a discutere: evidentemente insistere sulla sua *camera degli ospiti* con un individuo cui lui aveva portato via la casa non gli parve opportuno.

La moglie gli bisbigliò qualcosa su un certo mercatino dell'indomani, e il curatore promise di accompagnarcela. Avrebbero comprato due cassette di pesche noci.

Fuori dal finestrino, assieme a tutte le altre, vidi di nuovo sfilare la casa di Rita, gialla, circondata di balconi. Aveva tutte le finestre illuminate. La formica, vicino a me, fissava le macchine e muoveva impercettibilmente le labbra, come compisse complicate operazioni con i numeri delle targhe. Lo facevo anch'io, alla sua età, durante i viaggi in macchina attraverso l'Europa fino a Copenhagen; sommavo, moltiplicavo e dividevo tra loro i numeri delle targhe. Ci leggevo il futuro, nei risultati.

Alla stazione scendemmo tutti tranne il piccolo, che rimase dentro a imbrattare il parabrezza con le dita. Il curatore ci abbracciò, e aveva l'aria come sollevata: si doveva esser tolto un bel peso dalla coscienza. Mi chiese di fargli vedere i miei quadri, un giorno, e se non costavano troppo promise di comprarmene uno. Io risposi che glielo avrei regalato. Al babbo sussurrò qualcosa che non afferrai, mentre ero intento a stringere la mano di sua moglie, fredda e scivolosa come un pescetto. Anche la formica ci tese la mano, con un movimento automatico da cagnolino ammaestrato: il babbo gliela strinse dicendo « Fa' il bravo » ma io no, ricordando l'oggetto che aveva raccolto sulla sabbia. Gli misi un braccio attorno alla spalla, gesto che mi parve ancor piú amichevole.

– Domani pescherai *migliaia* di arselle – gli mormorai.

Lui ne fu sorpreso, ma anche contento, perché riuscí a sollevare le sue due biglie e a sostenere il mio sguardo per alcuni secondi.

– Pensa – gli spiegò il curatore –; questo giovane è un grande pittore. I suoi quadri verranno esposti in Svizzera.

Mentre risaliva in macchina ci raccomandò di mandargli una cartolina.

– Non dimenticatevene – insisté.

Poi scomparve nell'abitacolo e ripartí dolcemente. Mio padre lo seguí con lo sguardo finché non si fu dileguato al di là della piazza.

– Proprio un buon uomo – disse.

Si voltò e s'incamminò deciso verso la stazione.

– Aspetta – gli dissi –. Restiamo fino a domani. Chi ci corre dietro?

Si fermò, perplesso, davanti al portone d'ingresso.

– Già che ci siamo mi piacerebbe rivedere Rita...

Rifletté, preoccupato, scuotendo la testa.

– È qui?

– Sí. Ho visto la macchina posteggiata davanti a casa.

– Ma cosa la vuoi rivedere a fare... Dopo cinque anni...

– Cinque e mezzo. Quasi sei.

– Figuriamoci...

– Cosí ti dimostro che ti sbagli a pensare quello che pensi.

– Se fosse vero non ti interesserebbe dimostrarlo.

- E poi è giusto che la riveda. E poi è necessario.
- *Necessario* - ridacchiò -. Tu sei fissato. Necessario per chi?
- Anche per te - risposi -. Perché tu capisca una cosa, che non sta scritto da nessuna parte che le persone non si devono piú rivedere.

Mi sembrava perverso, di due donne che c'erano state nella mia vita, non doverne rivedere piú nemmeno una. Una cosa contro natura, un destino da dannati. La mamma, ormai, era andata: quindici anni senza rivederla era un fatto che non si poteva discutere. Quella sua assenza totale, del resto, era talmente enorme, talmente spropositata, che mi era piú facile sopportarla: raccontava di una *sua* sofferenza e di una *sua* vergogna che andavano quasi a bilanciare le mie, e a riscattare un poco la sua colpa. Meglio cosí, ormai, che rivederla una o due volte all'anno, magari insieme al suo nuovo *compagno*, ed esser costretto ad andare anche d'accordo con lui. E poi c'era mio padre, tra noi, che era come se la uccidesse ogni giorno finché continuava a considerarla morta.

Con Rita era diverso, tra noi non si frapponeva l'oltranza di mio padre, il nostro distacco non aveva spezzato nessun cordone ombelicale e rivedersi, prima o poi, la consideravo davvero una cosa necessaria.

– E quando l'hai rivista? Cosa ti credi d'avere fatto?

Nulla. Semplicemente, in quel momento, con mio padre che pensava solo a salire su un altro treno, mi pareva necessario rimanere per rivederla.

– Ripartiamo domani – ripetei –. Per piacere.

— Quanti soldi hai?
Era quello il momento, dopo mesi e anni di vuoto, e dopo un'ultima giornata cosí esemplare, era quello il momento di rivedere Rita. Contai i soldi nel portafogli, per la seconda volta perché l'avevo già fatto sul treno, mentre pagavo « la tassa del boia »...
— Duecentocinquantaseimila lire.
— Io ne ho trecento... Trecentoquattro... Fanno cinquecentosessantamila lire precise. Possiamo prenderci una *suite* al « Principe di Piemonte » — disse, con rabbia, lui che i lussi, oltre che a prenderseli, era capace soprattutto di concepirli.

Dormimmo invece sulla spiaggia libera della Costa dei Barbari, vicino al ristorante dove avevamo cenato, tra cartacce, rifiuti e oggetti bianchicci. Fossi stato meno frastornato, quella sera, avrei capito subito che saremmo finiti lí, fin da quando il curatore si era lamentato dei barboni che ci andavano a dormire con troppa insistenza per non evocare qualcosa d'inesorabile. Non avrei mai creduto che ci sarebbe stata una suite per noi al « Principe di Piemonte », né una stanza qualsiasi in qualsiasi altro albergo, perché noi non eravamo villeggianti: invece ero frastornato e lo credetti, credetti che potessimo davvero decidere dove andare. Lo credetti e l'idea della suite, addirittura, mi emozionò, perché non era neanche mia, non avevo dovuto prendermi nemmeno la responsabilità di pensarla.

Lo credevo quando ritirammo i bagagli al deposito, e anche quando salimmo sul taxi e mio padre disse « Principe di Piemonte » col tono di chi è abituato a frequentare posti del genere. E lo credetti ancora quando entrammo nella hall del grande albergo, tutta luci e velluti rossi, traversata da poche taciturne persone.

In realtà avevo sempre pensato che gli alberghi come quello non fossero mai pieni, non servissero quasi a niente e se ne stessero lí, vuoti e splendenti, ad aspettare che un giorno qualcuno ci portasse me.

– Mi dispiace – disse il portiere –. Siamo completi.

Era magro come un levriero, il viso triangolare, piatto, tirato, i capelli ispidi e grigi divorati da una profondissima stempiatura. Somigliava a Mennea da vecchio. Non aveva l'aria di essere abituato a pronunciare « Siamo completi »; c'era un vago lampo di stupore nei suoi occhi. Ci mostrò un dépliant, prendendolo da una pila che stava sul bancone, e lui stesso lo sbirciò mentre noi lo leggevamo, come avesse bisogno di verificare un'ultima volta la propria buonafede.

NATURA MORTA
Congresso Internazionale
di Ecologia.
VIAREGGIO
Hotel Principe di Piemonte
Palasport
1-7 Agosto.

Sul dépliant c'era un disegno fatto a pennarello, bello ma piuttosto sinistro, di un albero crocifisso a una specie di traliccio, la fronda reclinata verso il basso come una testa, il tronco e due lunghi rami inchiodati all'acciaio come membra.

– Neanche una camera – ripeté il portiere –. Che idea fare un congresso in alta stagione.

All'interno del dépliant scorsi il calendario della manifestazione: tavole rotonde, documentari, film, sottoscrizioni, concerti rock, conferenze di ministri, di scienziati, di giornalisti.

– Una cosa in grande – commentai.

– Tutta propaganda – rivelò il portiere –. È l'amministrazione che vuol mettersi in mostra per farsi assegnare il Casinò.

Scosse la testa e rimise il dépliant in cima alla pila.

– Mi spiace – ripeté.

Il babbo prese il dépliant dalla pila e se lo mise in tasca.

– Posso prenderlo?
– La prego.

Uscimmo. Chissà che cosa se ne voleva fare di quel dépliant, lui che aveva cacciato di frodo, pescato con le reti dove era vietato, e aveva inquinato per anni l'acqua dei fiumi con la limatura di ferro.

– All'« Excelsior » – disse.

Ero cosí frastornato che credetti anche alla suite all'« Excelsior ». Ancora non avevo capito dove avremmo dovuto dormire, noi due, senza nessuna alternativa.

Lo capii di colpo solo quando anche all'« Excelsior » un portiere ci mostrò il dépliant del Congresso di ecologia. Continuai a seguire il babbo, al « Marchionni », al « Royal », senza dir nulla, ma ormai avevo capito dove saremmo finiti.

Dopo gli alberghi di lusso passammo a quelli piú modesti, poi alle pensioni, ma in molte non entrammo perché avevano piccoli cartelli appiccicati al vetro con la ventosa, « FULL », « COMPLET », « NO ZIMMER », « ESAURITO ». Io continuavo a seguirlo e a tacere, senza riuscire a chiedergli nulla su quella faccenda dell'ospedale cui continuavo a pensare. Lui avanzava nella folla come un ariete, la valigia scozzese stretta in pugno, senza rinfacciarmi quella fatica fatta solo perché io *dovevo* rivedere Rita.

Si arrese sul bordo del canale, vicino alla darsena, dopo che avevamo percorso tutta la passeggiata ed eravamo passati davanti anche al bagno « La Pace ».

Poggiò la valigia per terra e si fermò davanti a un baracchino dove vendevano fette di cocomero a milleduecento lire l'una.

– È incredibile – disse –. Non c'è neanche una camera.

Lo guardai. Il vestito color carta da zucchero cominciava a sgualcirsi.

– Bisogna partire. Forse c'è ancora qualche treno.

– C'è un posto dove possiamo dormire – dissi.

– A casa del curatore? – scosse il capo –. No, è troppo tardi, e poi non mi va di...

– No. C'è *un solo* posto dove noi possiamo dormire.

Mi guardava, perplesso. Il fatto che si fosse arreso lo rendeva duttile e dominabile, e ora non si doveva piú ubbidirgli, si poteva comandarlo.

– Ma che stai dicendo? – disse –. Non c'è posto, l'hai visto...

Io sorridevo, mi sentivo forte. Lui aveva esaurito tutte le sue possibilità, non riusciva piú a concepire nulla e rimanere a Viareggio, per lui, era diventato improvvisamente impossibile. Io invece avevo la soluzione, l'unica. Io riuscivo a concepirla.

– Senza accorgertene ti ci sei avvicinato, sempre di piú, e ora che ci sei non te ne rendi conto. Eppure era chiaro fin dal principio che avremmo dormito lí.

– Lí *dove*? Abbiamo provato dappertutto...

Girai il capo e indicai col mento al di là dei pescherecci, degli alberi delle barche e delle gru, verso il buio, dove c'era soltanto la Costa dei Barbari. Lui non capí subito, attese qualche istante una

spiegazione, o il nome di un albergo che aveva dimenticato. Poi, seguendo con gli occhi la direzione indicata dal mio mento, al di là di tutto, capí.
— Eh no, Cristo, no...
— L'universo in questo momento si sta assestando, qualche pianeta sta correggendo un piccolo errore nell'orbita, chissà, qualche astro si sta allineando con qualche altro. Una piccola manovra di assestamento, vai a sapere dove...

Mi ascoltava stupito, forse non riusciva a credere che io parlassi davvero di quelle cose, proprio a lui.
— È matematico, a tutto ciò che succede lassú corrisponde qualcosa quaggiú. Nulla agisce, tutto reagisce. A un piccolo assestamento lassú ne corrisponde sempre uno quaggiú, e viceversa. Noi siamo tramiti...
— Tu mi preoccupi, sul serio...
— Noi adesso andiamo là, esattamente là, a dormire: domattina io rivedo Rita, poi ce ne andiamo, e *tramite* tutto questo qualche stella avrà potuto correggere un suo errore millenario...

Ripresi a camminare e lui mi seguí, come un cane, protestando, preoccupandosi, ma mi seguí.
— Quando qualcosa si scarica di un peso, dovunque, ciò di cui si è liberato comincia a viaggiare, non crederai che scompaia, assume tutte le forme nello spazio, nella materia, *rapidissimamente*, a una velocità che tu non riesci neanche a immaginare, assume forme e viaggia, e si ferma solo dove qualcos'altro, con il suo arrivo, si bilancerà...
— Tu sei ancora innamorato di lei, altro che storie...
— Purtroppo, accade anche il contrario. Se un equilibrio si spezza da qualche parte, ciò che se ne sprigiona vagherà per tutte le distanze pur di

trovare qualche altro equilibrio da guastare. Cosí si spiegano gli incidenti stradali, ad esempio, i bambini che cadono nei pozzi, e anche le stelle cadenti, i meteoriti, le comete...

Lo guidavo e continuavo a parlare, nel silenzio quasi sinistro delle stradine attorno alla darsena. Lui mi seguiva, questo era importante, per qualunque ragione lo facesse mi seguiva: lo stavo trascinando a dormire sulla spiaggia, tra i barboni e la spazzatura, là dove è giusto che dorma un uomo fallito, abbandonato dalla moglie, un inquinatore, un esportatore di valuta, un vero nemico della società. Un barbaro, per l'appunto, ricacciato indietro dagli anticorpi della civiltà.

– Chi crede di agire, caro mio, chi crede di poter decidere, chi crede nella volontà, non ha capito nulla, s'illude. Siamo solo particelle di un cambiamento, in orbita attorno al sole...

– Oppure sei pazzo. Oppure ti sei ammalato a furia di guardare il dirigibile e allora la cosa è seria...

– A proposito di malattia...

M'interruppi e tacqui, ebbi paura di rovinare tutto.

– Beh?
– Niente...

Dopo gli ultimi sprazzi di vita, una gelateria, una piccola sala giochi, un bar, il lungomare della Costa dei Barbari si fece completamente buio e deserto. C'era solo qualche macchina parcheggiata sul ciglio, con tutti i finestrini appannati.

– Siamo quasi arrivati – annunciai –. Guarda che bello.

Finí la strada asfaltata, e cominciò quella specie di spiazzo polveroso dove il curatore aveva parcheggiato la macchina. Continuava a stupirmi che il babbo non tornasse indietro e mi seguisse, ma d'altronde era cosí giusto, cosí esatto che brancolasse con me in una simile desolazione. Avanzai ancora, perché l'allineamento di pianeti che stavamo provocando nell'universo fosse proprio perfetto, e quando fummo all'altezza del ristorante, estremo baluardo di vita occidentale prima della savana, sterzai verso la spiaggia. L'insegna era già spenta, i tavolini spariti, i finti pescatori già tornati alle loro palazzine moderne imbottite di moquette. Camminavamo per uno di quei sentieri nella sterpaglia, uno qualsiasi, tanto portavano tutti alla spiaggia. L'odore di spazzatura cominciava a farsi penetrante.

– Che schifo – sentii dire nel buio.
– Pensa che la gente ci viene a fare il bagno, altro che Riva Dorata...

Udii un rumore sordo, metallico, alle mie spalle, e mi voltai. Era il babbo che inciampava in un secchio. Il cielo era ancora scuro e senza luna, ma nel buio si distinguevano migliaia di stelle. Dei falò non rimanevano che deboli braci purpuree, e nessuno cantava piú. Arrivato in un punto centrale della spiaggia, equidistante da certi fagotti che s'intravedevano a destra e a sinistra e dovevano essere persone, mi fermai. Era piú o meno il punto in cui ci eravamo seduti, tre ore prima, assieme al curatore.

– Ecco qua – dissi –. *Consumeremo* anche noi un po' di questa magnifica spiaggia, alla faccia del dottor Maccioni.
– Tu lo disprezzi ma hai torto.

Lasciai cadere la borsa, mi sfilai la giacca e mi sdraiai, poggiandoci sopra la testa.

– Ti farà freddo, senza giacca.
– Freddo? Si soffoca.
– Tra un po' cala l'umido.

Se fossero stati problemi ai polmoni, pensai, a

sessantasei anni, con tutto quello che fumava, dormire sulla spiaggia avrebbe potuto fargli male per davvero.

— Fa' come ti pare, io la giacca la tengo.

Si sdraiò anche lui sulla sabbia al mio fianco. La testa l'appoggiò sulla valigia scozzese, in un modo che mi parve molto scomodo.

Guardai il cielo, ed era impressionante che anche a Viareggio si potessero vedere tutte quelle stelle. Dall'altra parte del canale, dov'era la calca della gente, si distingueva appena un vago chiarore, impastato con le luci elettriche dei lampioni e delle insegne.

— Ah — sospirai —, in pace, *tramiti* dell'universo...

Udii il suo solito scoppio di tosse, poi il silenzio. In mare c'era una piccola luce lontana, e dopo averla seguita per un po' con lo sguardo mi accorsi che era ferma. Passai un po' di tempo cosí, in attesa che il respiro di mio padre si facesse piú regolare, immaginando la sua pancia che si gonfiava sotto la camicia, si gonfiava, come quando ci avevo appoggiato sopra la lettera. Ero stanco ma restavo all'erta, non volevo addormentarmi prima di lui.

— Avevi ragione — mi disse all'improvviso —. C'è una piccola stella che si è assestata, l'ho vista benissimo.

Dormii male, a intervalli. Mi addormentavo, facevo un sogno, rapido, insulso, e mi risvegliavo subito dopo. Guardavo mio padre e stavo un po' lí a fissarlo, poi mi riaddormentavo. Una volta era sdraiato su un fianco e mi dava le spalle, una volta russava supino, un'altra era sveglio anche lui, e mi fissava anche lui.
— T'ho sognato.
— Che facevo?
— Non so, c'era tanta gente...
Calò l'umidità, ma non mi infilai la giacca. Avevo paura, muovendomi, di non riaddormentarmi piú. Durante un risveglio ricordo d'aver visto la luna, un sottilissimo taglio rosa, ma forse la sognai soltanto perché al risveglio successivo non c'era già piú. Come il cielo cominciò a schiarire, non so perché, smisi di risvegliarmi e dormii piú a lungo.

I fagotti che avevo intravisto nel buio, sparsi qua e là sulla sabbia, erano proprio persone: quando mi svegliai per l'ultima volta erano ancora lí, vicino ai resti dei falò, indecifrabili dentro ai sacchi a pelo. Il babbo non c'era piú, e nemmeno la valigia scozzese. Accanto a me solo una lunga trave verde, una lattina di Pepsi Cola spremuta come un limone e una luccicante scia di sacchetti di plastica. Verso la riva c'era già un ombrellone rosso con una figura seduta sotto, che poteva essere un uomo coi capelli bianchi o una donna bionda senza la parte superiore del costume.

Mi alzai. Non stavo bene, avevo la gola secca, la schiena indolenzita e volevo bere. Mi misi a gironzolare per la spiaggia e il babbo non si vedeva: solo spazzatura, mosche e barboni ancora addormentati. Risalii verso la strada portandomi dietro la borsa, e sui sentieri nella sterpaglia notai i tracciati di piccole impronte zigzaganti, ravvicinate, come di topo.

Il ristorante era ancora chiuso, e chiuse erano certe baracche lí accanto, di legno o di latta, mezze sfasciate. La darsena si stagliava nella prospettiva dello stradone con gli slanci della gru e dei bracci di sollevamento, e in cima il carro-ponte bianco e rosso la scritta « SEC » campeggiava al contrario, come riflessa in uno specchio. Mi incamminai, continuando a voltarmi per vedere se mio padre si trovasse nei paraggi, ma non vedevo mai nulla.

Cominciai a pensare che fosse partito.

Percorsi un po' di strada con quel dubbio, perso nel silenzio come un assolo di tromba, e attorno a me era un panorama da sbarco lunare: la sterpaglia desolata e sporca, un abbozzo di pineta rinsecchita, mucchi di ferri abbandonati sul terriccio. I segni dell'uomo vi annegavano, affiorando qua e là con cartelli e oggetti disseminati alla rinfusa. Una bicicletta arrugginita appoggiata per terra al contrario, con le ruote per aria. Un casottino, bianco, cubico, con un'enorme scritta « W.C. » in vernice rossa. Una gimcana di pioli all'ingresso di un pezzo di spiaggia a pagamento.

TURIS. COOP. MARE srl.
UN OMBRELLO
E DUE SDRAIO L. 2.500

All'improvviso mi ricordai della storia torbida

cui aveva accennato il curatore a proposito del bagno « La Pace ». Era un fatto di cronaca di cui aveva a lungo parlato la televisione, tanti anni prima. Un ragazzino era stato rapito, violentato e ucciso a Viareggio, e il suo corpo era stato ritrovato molti mesi dopo seppellito sotto la sabbia proprio vicino a dove avevo dormito io. Il ragazzino, ricordai, si chiamava Ermanno Lavorini. Quando era successo il fatto aveva piú o meno la mia età, era biondo come me e nella foto che facevano sempre vedere al telegiornale sorrideva. Per quel delitto furono arrestati alcuni individui che si accusavano a vicenda, uno dei quali era all'epoca il proprietario del bagno « La Pace ». Proprio lui, alla fine, s'era impiccato in carcere perché continuava a dichiararsi innocente ma nessuno gli credeva.

Cominciai a sfilare davanti ai nuovi stabilimenti, che secondo il curatore, assieme ai rifiuti e ai barboni, stavano rovinando la Costa dei Barbari. Almeno c'era un po' di vita, qualcuno che spazzava sotto le cabine, qualche bagnino in lontananza che apriva gli ombrelloni. Le bandiere issate sui pennoni ricadevano flaccide e immobili, io le avrei tolte. Spuntavano i primi negozietti, o piccoli bar dai nomi bislacchi come « CORSARO VIOLA » o « LA BARRACUDA », e tornavano a susseguirsi i lampioni, le fermate degli autobus, i rumori e gli odori degli scappamenti. Si dissolveva l'immenso squallore, quasi surreale, dal quale provenivo e al suo posto s'insediava l'altro squallore, piú composto, meno inquietante, della zona balneare economica. Avevo percorso mezzo chilometro e pareva avessi cambiato emisfero.

Mio padre era seduto a un tavolino e leggeva il giornale con aria tranquilla, fuori da un bar che si chiamava « LIBECCIO CLUB ». Nella prospettiva da cui lo avvistai l'insegna del bar spuntava appena sopra la sua testa cosí che lui stesso sembrava farne parte, come fosse l'emblema di quella sinistra associazione. Era fresco e rasato, riposato, nemmeno avesse sul serio dormito al « Principe di Piemonte ». S'era cambiato d'abito e indossava di nuovo quello grigio con cui era arrivato a Roma.

– Credevo che fossi...
– Buondí – mi disse –. C'è una toilette magnifica, e le brioches sono calde.

Da dentro al « LIBECCIO CLUB » proveniva l'aria di un'opera lirica, cantata da una voce simile a quella della Callas. Era bellissima, ma soprattutto cosí pertinente che sembrava messa lí di proposito, come la colonna sonora di un film. Entrai e vidi il barista, nella penombra, che allineava con cura le tazzine sopra la macchina per fare l'espresso.

La toilette non era niente di eccezionale, anche piuttosto piccola, però pulita e con un buon odore di fresco. Mi lavai i denti, la faccia, mi bagnai un poco i capelli che nella notte avevano preso una strana piega verso sinistra. Mi cambiai la camicia e misi anche la cravatta, cosí, perché mi andava, ma non avevo il rasoio e non potei radermi.

Tornai fuori e mi sedetti al tavolino vicino a mio padre. Mentre facevo colazione sbirciai il giornale che lui continuava a leggere. Era già arrivato alle pagine interne, dove non si parlava piú della crisi nel Golfo della Sirte.

Sulla cronaca della Versilia dominava un titolo funesto: « IL MARE UCCIDE ANCORA ». Mio padre ci si soffermò un poco, e io potei leggere l'articolo per intero. Una ragazzina di quindici anni era affogata sotto gli occhi della madre, a Tonfano, scivolando in acqua dal pattino. C'era anche la fotografia, una biondina col sorriso a semiluna, ma doveva essere una foto molto vecchia.

Alla pagina finanziaria c'era scritto che la Borsa, nel corso della settimana, era calata del quattro per cento, ma non feci in tempo a vedere quanto avessero perso, esattamente, le mie azioni. Pensai comunque che quelli non erano certo tempi adatti per andare a riprendersi dei soldi in Svizzera, e mi chiesi cosa avesse intenzione di farne il babbo: doveva avere qualche suo progetto preciso, nonostante tutto suggerisse che quello non era il momento di fare progetti.

Il babbo pagò le colazioni e lasciò una bella mancia al barista, che ci salutò accarezzandosi i baffi. Certo non immaginava dove avevamo dormito quella notte. Ci incamminammo verso la darsena, e già il caldo cominciava a spezzare il fiato dentro il petto. Allontanandomi, prestai attenzione a scoprire quando, di preciso, la musica lirica proveniente dal « Libeccio Club » non si sentiva piú. Capitò quasi subito, all'improvviso, un attimo prima si sentiva ancora e un attimo dopo era svanita.

– Hai la giacca spiegazzata.
– Non ne ho altre.
– Hai la barba lunga.
– Non ho il rasoio.

Si fermò a rovistare nella valigia scozzese, fino a cavarne un piccolo rasoio a pile, nero, avvolto in un sacchetto di nylon. Soffiò tra le lame e una nuvoletta di piccoli peli neri si stagliò in controluce, poi mi porse il rasoio.

Era leggero.

– Tanto sei come me, non hai una gran barba.

Mi feci la barba camminando per le strade attorno alla darsena, tra donne in bicicletta, furgoncini e odori di panetteria, ma forse nessuno se ne accorse. Costeggiammo la banchina dalla parte dei cantieri, da cui spuntavano gli scheletri di enormi motoscafi in costruzione. Sopra certe bitte di cemento ogni tanto c'era un vecchio che pescava con la canna nell'acqua putrida.

Traversammo il canale sul ponte mobile, che quando passavano i pescherecci veniva sollevato, piú o meno come la sbarra di Riva Dorata quando passavano le Jaguar. Una volta, tanti anni prima, io e Rita ci eravamo baciati su quel ponte. Ci eravamo baciati in tanti di quei posti, del resto.

Mi resi conto che non avevo piú nessuna voglia di rivederla, speravo solo che il babbo mi trascinasse alla stazione senza nemmeno ricordarsi di lei. Mi vergognavo, adesso, di averlo fatto dormire in quell'immondezzaio per andare a trovare una ragazza che non vedevo da quasi sei anni. Per dirle cosa, poi. E non sapevo nemmeno se c'era, e anzi, probabilmente non c'era affatto, magari se n'era andata a fare le vacanze insieme al marito, quell'attore, o lo aveva seguito in qualche sua tournée estiva, oppure recitava anche lei. In una piazza quadrata, subito al di là del canale, c'erano due taxi fermi all'ombra, e mio padre ci si diresse.

— Dove sta Rita?
— Verso la stazione, ma non mi va di andare a casa...
— Di bagno, dicevo.
— Il bagno è piú lontano, ma è troppo presto... Che ore sono?
— Le nove e dieci.

Come era successo il giorno prima, mentre ci avvicinavamo a Riva Dorata dove io ero voluto tornare, e all'improvviso non volevo piú, allo stesso modo non avevo piú voglia di rivedere Rita ora che stavamo per andarci. Mi aveva lasciato, si era

sposata e per sei anni non s'era fatta piú viva, non mi pareva che qualcosa potesse *andare a posto* semplicemente rivedendola.
– Che bagno è?
– C'è un problema, sai quale? Che non so nemmeno se c'è, non so se il bagno è ancora quello, non so se la casa è ancora quella, e ieri sera ho mentito quando ho detto della macchina posteggiata, perché non so nemmeno che macchina abbia. Non so se è ancora viva, o se invece è morta, in un incidente, o magari affogata come quella...
– Senti, siamo rimasti qui apposta, abbiamo dormito sulla spiaggia, ora la andiamo a cercare. Se non la troviamo pazienza.
– Magari sono anni che non viene piú qui...
– Ormai siamo qui e ci andiamo. Che bagno è?
– Ma è presto, lei andava in spiaggia a mezzogiorno...
– *Che bagno?*
– « Ariston ».
Si avviò verso il primo dei due taxi e mi venne il dubbio che avesse voglia lui di rivederla, da come s'era impuntato. L'autista gli si fece incontro e sistemò la valigia scozzese nel bagagliaio, poi entrambi si misero ad aspettare che io li raggiungessi. Esitavo, fissando l'autista, la cui testa pelata scintillava al sole: sulle tempie aveva ancora qualche capello nero, lungo e lucente, la fronte era traversata da folte sopracciglia, come disegnate, e il suo corpo dritto, senza forma, pareva ricavato da una massa di gelatina con tre colpi netti di coltello. La sua aria subiente l'avevo già vista addosso a qualcun altro, ma non riuscivo a ricordare chi.

Anche sul suo cruscotto c'era il divieto di fumare, un adesivo tondo con una sigaretta cancellata da una croce rossa. In un tratto di strada controsole abbassò l'aletta sopra la sua testa, e notai che ci teneva una fotografia attaccata, di una donna anziana. Guardai le sue mani e non vi trovai nessun anello matrimoniale.

– Tu lo sai che musica era? – chiesi a mio padre.
– Quale musica?
– Prima, al bar dove abbiamo fatto colazione. C'era della musica lirica.
– Ah, non te lo so dire...
– Era bella.

D'un tratto ricordai a chi somigliava il tassista, con la sua testa pelata e i suoi tratti rettilinei, disegnati, senza sfumature. C'era il protagonista di un cartone animato cecoslovacco, quando ero piccolo, che si chiamava Gustavo ed era uguale a lui. Era un buon uomo divorato dagli incubi, vittima del prossimo e soggiogato dalla ferocia delle metropoli. Il cartone animato non era comico, era molto triste, e all'epoca non riuscivo a capire cosa lo trasmettessero a fare, però lo guardavo.

Mio padre se ne stava in silenzio, con gli occhi socchiusi, a guardare la gente sulla passeggiata. Di certo non si sarebbe ricordato, lui, di Gustavo. Guardai l'orologio al suo polso, ed erano le nove e venti: impossibile, pensai, che Rita fosse già sulla spiaggia, se anche si trovava a Viareggio.

Entrammo nel parcheggio del bagno «Ariston» e ormai pensavo soltanto a sbrigare una formalità. Scendere, chiedere di Rita in direzione, constatare che non andava più lí da molti anni, e tornare nel taxi insieme a mio padre. Perciò lasciai la borsa sul sedile e chiesi a Gustavo di aspettare. Non pensavo che il babbo mi avrebbe seguito e invece scese anche lui, e appena fu all'aperto si accese una sigaretta. Doveva essersi accorto, stavolta, del divieto di fumare nel taxi. Poi mi venne dietro ma a una certa distanza, come per coprirmi le spalle. L'autista, nel taxi, se ne rimase solo col suo adesivo e da lontano gli feci di nuovo cenno di aspettare, con la mano.

Ricordai che Gustavo, a furia di subire umiliazioni, era diventato anche un po' cattivo, e certe volte si prendeva delle rivincite come poteva, sugli oggetti o sugli animali o su uomini ancor piú indifesi di lui. Forse avevo addirittura visto una sua avventura intitolata *Gustavo tassista*, chissà, in cui combinava qualcosa di male, perché non mi sentivo tranquillo e avevo paura che se ne andasse con i nostri bagagli, lasciandoci lí come due scemi, mio padre a fumare e io a parlare con una bagnina che avrebbe faticato a ricordarsi di Rita.

Tanto per cominciare la bagnina non si ricordò di me, o almeno me lo lasciò sperare. Mi squadrò e parve apprezzare i miei abiti da città, quell'eleganza convenzionale che a Viareggio, d'agosto, finiva per sembrare solenne, ma nei suoi occhi non notai nessuna espressione particolare. Ero per lei solo un giovanotto benvestito che le si faceva incontro nella stanzetta della direzione.

– Buongiorno. Viene ancora qui Rita Codecasa?

Mio padre si manteneva distante, vicino a un tavolo da ping-pong, fumando con gusto la sua sigaretta. La bagnina corrugò la fronte un momento, come per compiere mentalmente qualche operazione.

– Vuol dire la signora Salinas?

C'era una buona dose di ipocrisia nella sua rettifica, quasi a farmi credere che per lei una ragazza cresciuta sotto i suoi occhi, estate dopo estate, si trasformava in una signora dal cognome sconosciuto solo perché era mutato il suo stato civile. E c'era, forse, una punta di malignità, perché ebbi l'impressione che mi avesse improvvisamente riconosciuto.

– Rita – ripetei –. Rita Codecasa. Veniva a questo bagno, anni fa.

– Ci viene ancora – disse la bagnina –, ma si è *sposada*. Attenda che chiedo se è *arivada*.

Parlava ancora con quell'esagerato accento versiliese su cui io e Rita avevamo scherzato molto, all'epoca. Del resto, perché avrebbe dovuto cambiare? Varcò una piccola porta e scomparve in un vano buio da cui provenivano rumori di stoviglie. A distanza guardai mio padre, che mi fissava in attesa di istruzioni. Il taxi era sempre fermo e Gustavo sempre seduto dentro, apparentemente tranquillo. Da dentro la stanza buia sentii la voce della bagnina e un'altra, piú rauca, far mente locale sulla *signora Salinas*, ma non capii molto di quello che si dicevano.

Mi parve ad un tratto di udire la parola « bimbetto ».

La bagnina riapparve con un sorriso scintillante di capsule d'oro e dei piccoli occhiali poggiati sul naso, che prima non aveva.

— Sí – disse –. È *arivada*. Le mostro l'ombrellone.

— Preferirei la chiamasse qui.

La donna non fu entusiasta della mia richiesta, e smise subito di sorridere.

— Sono tutto vestito – precisai.

Si diresse verso un citofono appeso al muro con aria offesa, come le avessi mancato di rispetto.

— Lei è il signor?

Non ebbi piú dubbi, mi aveva riconosciuto.

— Sono un amico.

Mentre lei riferiva nell'apparecchio che la signora Salinas era *desiderada* in direzione *da un amico*, annuii col capo a mio padre, sempre ritto vicino al tavolo da ping-pong. Lui capí al volo, senza la minima sorpresa, e s'incamminò verso il taxi.

Invece era sorprendente che Rita fosse già sulla spiaggia, alle nove e mezzo di mattina.

— Viene *subido*.

— Grazie.

Sulla spiaggia gli ombrelloni erano molto meno fitti che al bagno « La Pace », ancora quasi tutti vuoti: vedevo soltanto vecchi e bambini trascinarsi sulla sabbia, sparsi e indecisi come superstiti. Vicino a uno specchio un cartello metallico illustrava una lunga serie di divieti con dei sinistri disegnetti.

Divieto di portare animali sulla spiaggia.

Divieto di giocare a calcio, a *frisbi*, a tamburello, a bocce, a pallavolo sulla spiaggia.

Divieto di tenere alto il volume degli apparecchi sotto l'ombrellone.

Divieto di fare il bagno quando era esposta la bandiera rossa.

Divieto di consumare pasti sotto l'ombrellone.

Divieto di accogliere piú di due ospiti alla volta nelle cabine.

Mi vidi anche allo specchio, di sfuggita, e avevo le occhiaie.

D'un tratto Rita mi fu davanti, quando ancora pensavo d'essere in tempo a scappare. Pronunciò il mio nome, stupita, ma nonostante fossi andato io a trovarla all'improvviso, parve anche a me d'esser colto di sorpresa. Avevo già vissuto quel momento decine di volte con l'immaginazione, ma ora che era arrivato per davvero non sapevo cosa fare. Mi lasciai abbracciare, baciare, e dopo sei anni le nostre cellule tornarono a scambiarsi di posto, ma non era come l'avevo immaginato.

La bagnina spiava il nostro abbraccio, sospettosa, da sopra le lenti dei suoi occhialetti.

Ci sedemmo su due poltrone di tela, celestine, uno di fronte all'altra, consumando il rito dei come va, fatti vedere, non c'è male, ti vedo bene, quanto tempo, che sorpresa, e insomma, sei sempre uguale, anche tu. Lei sorrideva e perlomeno mi accorsi che era davvero contenta di rivedermi, però non era sempre uguale, era diversa: era piú magra, il viso piú tirato, l'espressione molto piú affaticata. Aveva un costume giallo, intero, che le faceva qualche piega all'altezza del seno e della vita. Le spalle che appoggiò allo schienale erano piú ossute, le gambe che accavallò mi parvero come prosciugate. Non stava male, certo, era sempre bella, e la sua bocca sempre magnifica, disegnata al contrario come in certe fanciulle degli affreschi di Filippo Lippi: ma era *invecchiata*. Sebbene si trattasse, dopo sei anni, della cosa piú naturale del mondo, mi fece ugualmente impressione.

– Che fai da queste parti?
– Come mai in spiaggia cosí presto?
– Quanto ti trattieni?
– Stai qua tutto il mese?
– A Roma che fai?
– Continui a recitare?

Accavallammo una sull'altra le nostre domande, senza risponderci. Io non rispondevo perché mi vergognavo del nulla che avrei dovuto raccontare e se nemmeno lei rispondeva, pensai, voleva dire che anche lei si vergognava di qualcosa.

– Sai – disse d'improvviso –. Ho avuto un bambino.

Arrivò mio padre, radioso, elegante, quasi *truccato* da Mitchum, con la valigia scozzese in una mano e la mia borsa nell'altra. Rita si alzò ed esitò un istante, di nuovo sorpresa, aspettando di scoprire se lui intendeva o meno abbracciarla. Mio padre posò i bagagli per terra e le tese la mano: lei gliela strinse, sorridendo, poi prese un'altra sdraio e lo fece sedere, ed io notai in quel suo gesto una dimestichezza consumata, da padrona di casa abituata a fare accomodare i suoi ospiti.

– Tuo padre è sempre piú bello – disse, abbastanza forte perché lui la sentisse.

Almeno in questo non era cambiata. Rimaneva

una delle pochissime persone che non avevano soggezione di mio padre.
— È per via delle sigarette — svelò lui.
— Ha smesso di fumare?
— No, ho continuato.
Rita abbozzò una risata, ma subito la interruppe e drizzò lo sguardo verso un giovanotto che arrivava dalle cabine pilotando un bambino tra le gambe. Il piccolo doveva avere meno di un anno e muoveva i passi a fatica, strisciando i piedi sull'impalcato di legno.
— Prendilo in collo — disse Rita —. Ci sono le schegge, per terra.
Il giovanotto prese in braccio il piccolo e lo sballottò un poco, borbottando parole senza senso. Arrivato davanti a noi ci sommerse tutti con un larghissimo sorriso: *troppo* largo, mi parve. Piú che di un uomo felice, era il sorriso di un uomo soffocato dalla felicità.
L'avevo visto soltanto una volta, di sfuggita, poco prima che Rita mi lasciasse, a una specie di saggio in cui lei recitava e di cui lui doveva essere il regista. M'era passato accanto nel corridoio dei camerini, tutto vestito di bianco, trasportando due enormi mazzi di rose rosse. Lí per lí non avevo pensato a guardarlo in faccia, avevo solo pensato che uno di quei due mazzi doveva essere per Rita. Io non le avevo mandato fiori, m'era sembrata una cosa un po' esagerata per un *saggio*: l'avevo solo baciata in fronte e mi ero raccomandato, scherzando, che non scivolasse e non cadesse giú dal boccascena durante la recita.
Guardai il marito di Rita, dunque, in faccia per la prima volta, ed era davvero un bel ragazzo: riccioluto, muscoloso, alto, fotogenico. Ebbi anche l'impressione di averlo visto in televisione, in qualche

sceneggiato. Tuttavia nel suo volto scavato, nel suo sguardo fiero e in quel sorriso realmente troppo largo, era contenuto qualcosa di sgradevole, che rendeva il suo aspetto vagamente feroce. C'era qualcosa, in lui, che spingeva a immaginarlo furente, rabbioso, come tutti i suoi tratti spingessero costantemente per risolversi nell'ira.

Se io avessi fatto a lui ciò che lui aveva fatto a me, pensai, mi avrebbe preso a pugni.

Fu curioso come Rita ci presentò. A lui disse il mio nome, aggiungendo che gli aveva « molto parlato » di me, e di mio padre disse solo il cognome, accompagnato dal titolo di Cavaliere, senza specificare nulla della nostra parentela. A noi di lui disse semplicemente « Mio marito », senza dire il nome, e del piccolo, invece, disse « Lucio ».

Strinsi la mano di suo marito e fu una stretta forte, elettrica, veloce, che trasmise pochissime cellule.

– Somiglia a Gheddafi – furono le prime parole che mio padre gli pronunciò.

L'uomo rimase un istante interdetto, Gheddafi sputato, poi tornò di nuovo a sorridere.

– Già – disse – me l'hanno detto... Anche se ora come ora non è molto salutare...

Rise ancora poi fissò dritto negli occhi mio padre, come lo odiasse, e invece cercava soltanto di essere cortese.

Appena si fu seduto, anche lui su una poltrona celestina, il bambino attaccò a piangere. Troppi, trenta secondi senza che nessuno si occupasse di lui. A nulla servirono certe imitazioni degli animali fatte da suo padre per rincuorarlo, e Rita fu costretta a strapparglielo di mano.

In braccio a lei il piccolo tornò piú tranquillo.

– Che bel bambino.
– Quanto tempo ha?

— Dieci mesi.
— Ti somiglia.
— Dicono tutti che somiglia a lui.
— La bocca. La bocca è la tua.

Era biondo, sebbene sia Rita che suo marito avessero i capelli neri: forse, per vie traverse e ancora inesplorate dalla scienza, gli era rimasto addosso qualcosa di mio, qualche cromosoma scampato per miracolo all'uragano che si era abbattuto nel ventre di sua madre, molto prima che lui nascesse. Rita lo cullava, sussurrandogli le piccole formule sperimentate nel tempo per tenerlo tranquillo. Vedendo che la madre si dedicava solo a lui, il bambino rideva.

— Sono furbo io... — diceva Rita —. Sono tanto tanto furbo...

Mio padre e il marito di Rita cominciarono una straziante conversazione in cui il babbo mentiva sistematicamente. Solo dopo alcune battute l'altro si accorse che eravamo padre e figlio, e ne parve soddisfatto. Io scherzavo con il bambino che continuava ad additare la mia cravatta e a fare versi di disgusto, come fosse sbagliata.

— Facevo l'industriale ma ho venduto tutto. Ora allevo cavalli in campagna...

— Magnifico... Da trotto o da galoppo?

— Da salto. E da *dressage*, anche.

Mi sentivo completamente tagliato fuori da quella scena, in balía di una gentilezza che non mi riguardava. Di nuovo ero soltanto un testimone di piccoli fatti insignificanti, che per alcuni rappresentavano la vita, ma a me del tutto estranei. Anche lí ciò che provavo io, i miei sentimenti, i miei pensieri, risultavano pesanti e inopportuni, inesprimibili, quasi un *difetto* nella mia testimonianza. E le parole che udivo, l'accavallarsi di frasi con diverse provenienze e diverse destinazioni, continuavano a pro-

varmi quanto fosse superfluo aggiungervene di mie.
– E lei di cosa si occupa?
– Io faccio l'attore.
– Ah, interessante. Di cinema o di teatro?
– Di teatro. Ma faccio anche un po' di televisione.
– Si capisce...
D'un tratto il bambino mi afferrò il nodo della cravatta e cominciò a tirare, sformandolo.
– No, che fai? Gliela sciupi, cattivo!
– E come si chiama? Magari l'ho vista.
– Silvio Salinas. Lei guarda molto la televisione?
– È una cravatta. Quando sarai grande la metterai anche tu...
– Oh, no. Ma vado molto spesso a teatro. *Silvio Salinas*, il nome non mi è nuovo...
Mio padre non andava *mai* a teatro. Era mia madre che ci andava, e faceva gli abbonamenti nei palchi e ci portava i suoi amici, ma lui non doveva aver messo piede in un teatro da piú di vent'anni.
– Silvio Salinas. Mi pare proprio di averlo già sentito...
Il bambino, separato a forza dalla mia cravatta, cominciò a modulare un lamento straziato, come di gatto.
– E adesso? Noo, noo, guarda cosa ti dà la mamma...
– C'è un altro attore che si chiama Salinas, piú famoso di me...
– Accidenti, hai lasciato il ciuccio all'ombrellone...
– No, mi ricordo proprio *Silvio* Salinas...
– Noo, noo...
– È dura allevare un bambino? – tentai d'intervenire.

Rita sollevò gli occhi un istante e mi fissò, prima di rispondere. Quella magrezza che le tirava il volto, del resto, era già una risposta.

– *Dura* no – disse –. È una cosa che ti prende totalmente... Finisce che esisti solo per lui, e non t'importa di nient'altro. Vero Lucio?

Avesse tenuto il mio avrebbe già avuto sei anni. Avrebbe dormito regolarmente la notte e sarebbe già stato in grado di esprimersi con chiarezza, senza miagolare. E Rita sarebbe stata certo meno esausta, avrebbe potuto esistere per se stessa, e anche recitare, se voleva. Invece, col figlio di Silvio Salinas era ancora costretta a canticchiare le canzoncine per tenerlo tranquillo.

– *Alla fiera dell'Est, per due soldi...*
– Silvio Salinas... Per cosa può essere stato?
– *Un topolino mio padre comprò...*
– Beh, quest'anno ho fatto metà stagione con Squarzina...
– Ah, ecco... Forse è stato lí, con Squarzina...
– Goldoni. Abbiamo fatto tutto il Nord...
– *E venne il gatto, che si mangiò il topo...*
– Ma certo, Goldoni... Può essere che l'abbia visto a Genova?

Sfrecciò in quel momento vicino a noi un ragazzino con un enorme motoscafo di plastica in mano, che perdeva pezzi ma lui non se ne accorgeva. Una batteria ruzzolò fino a me, sbatté contro la mia scarpa e cadde tra le assi dell'impalcato.

– *E venne il cane, che morse il gatto...*
– Allora è stato lí, a Genova... Mi pareva... Silvio Salinas...
– Ma non avevo una parte molto importante...
– Magari ho letto il nome sulla locandina. Ho molta memoria io, per i nomi...
– *Che si mangiò il topo...*

– Ah, io no, non ricordo mai i nomi...
– *Che al mercato mio padre comprò...*
Mi alzai, ero sgomento. Decine di volte mi ero immaginato di rivedere Rita ma non avevo mai pensato che sarebbe stato cosí penoso. Tutto strozzato dentro, nemmeno lo spazio per una parola, uno sguardo, e se non ci fosse stato mio padre che lo faceva al posto mio magari anche l'obbligo di raccontare balle a suo marito, mentre Rita cullava il *suo* bambino. Aveva ragione la bagnina: Rita Codecasa non esisteva piú, esisteva una certa signora Salinas.
– Vado a chiamare un taxi – dissi.
– Perché? – domandò Rita –. Ve ne andate di già?
– Dobbiamo prendere il treno – dissi, rivolto al piccolo, ma il bambino non ammetteva che esistesse qualcosa all'infuori di lui, e riprese a lamentarsi.
Avesse tenuto il mio in quel momento sarebbe stato sulla riva, spericolato e indipendente, a infrangere divieti.
– Già – confermò mio padre –. Dobbiamo affrettarci.
– E dove state andando di bello? – chiese Silvio Salinas, che già ci ostentava una certa confidenza.
– A Lugano – risposi –. A riprendere dei dollari in una banca.
Mi incamminai verso la direzione senza osservare le reazioni alla mia risposta. Fu quando stavo già per affrontare la bagnina e chiederle un telefono che Rita mi chiamò.
– Aspetta! – gridò –. Vi accompagno io.
Ma no, ma che dici, ma non importa, non c'è bisogno, figuriamoci. Rita intanto si era già alzata e aveva già depositato il bambino tra le braccia del marito.
– Tienilo tu – gli ordinò –. Vado e torno.

Ma no, ma davvero, non è il caso, prendiamo il taxi, Rita, ci mancherebbe. E lei già correva in cabina per vestirsi.
— È un attimo, che ci vuole?
Scomparve nella cabina, e il bambino scoppiò in un pianto dirotto.
Salutammo Gheddafi pregandolo di non alzarsi, per non complicare la situazione. Gli stringemmo la mano, un'altra rapida scossa elettrica, lo ringraziammo, ci scusammo, insistemmo per chiamare un taxi.
— C'è poco da fare — affermò —. Quando Rita si mette in testa una cosa...
Sorrideva, era davvero un bel ragazzo. Peccato tutta quella violenza annidata nel suo volto.
— Auguri per la sua carriera...
— Grazie.
Prese la mano del piccolo che continuava a disperarsi, e l'agitò.
— Su, saluta i signori che partono...
— Ciao, Lucio...
— Fa' il bravo...
— Spero di rivederti — mi disse —. Rita parla spesso di te.
Pareva sincero. Rita uscí dalla cabina con un vestito rosso scollato che nascondeva bene la sua magrezza, e sembrava tornata quella di sei anni prima.
— Non tenerlo al sole — raccomandò —. E lava il ciuccio prima di darglielo...
— Già, perché io glielo darei sporco...
La seguimmo verso il parcheggio, continuando a insistere perché non ci accompagnasse ma entrambi, anche il babbo, come *sollevati* dal fatto che volesse farlo in tutti i modi. La bagnina ci vide passare spediti come un plotone d'esecuzione e ci salutò, un lampo maligno dietro gli occhiali.

In macchina mi misi sul sedile posteriore, per poter guardare Rita che guidava senza che se ne accorgesse. Non riuscivo ancora a dire nulla, ma quel suo slancio l'aveva come resuscitata, e anche lei sembrava rinata. Per un breve intervallo tornava a esistere. Il babbo parlava di cavalli e lei lo ascoltava, chiedendo notizie di alcuni puledri che aveva visto nascere quando stavamo insieme. Lui non le disse che gli erano stati sequestrati.

Pensai che Rita conosceva mio padre, e forse si era accorta che aveva preso in giro suo marito.

Pensai che quella poteva essere davvero l'ultima volta che la vedevo.

Mi tornò in mente la musica lirica che avevo ascoltato in quel bar: era bellissima ma non ricordavo nemmeno come faceva e anche quella, probabilmente, non l'avrei sentita mai piú.

Quando intercettavo lo sguardo di Rita sullo specchietto gettavo il mio fuori dal finestrino, sulla gente che girava e adesso aveva davvero cominciato a prendere d'assalto le strade verso la spiaggia.

A un incrocio vidi un negozio con una grande insegna, « LAVORINI », ma non feci in tempo a capire cosa vendesse. Forse vestiti. Rita e il babbo continuarono a parlare e a ridere, lui le raccontava di quando s'era perso per il quartiere uscendo da casa mia. Poi fu Rita a raccontare di quando *erano* andati a sciare in un posto nuovo, un inverno, *avevano* preso funivie e seggiovie, e poi si *erano* dimenticati in fondo a quale pista *avevano* lasciato l'automobile. *Dovettero* denunciare lo smarrimento alla polizia. Non disse insieme a chi, questa avventura.

Chiese anche della casa che avevamo in affitto sul lago di Carezza, e il babbo le disse che non l'avevamo piú. Ma non le disse che non aveva piú neanche il resto, né il perché. Di sicuro la giovialità e la confidenza con cui intratteneva Rita mi erano molto preziose, perché mi permettevano di raccogliere le mie briciole di consolazione nell'unico modo in cui ne ero capace, osservando e tacendo.

Davanti alla stazione, tuttavia, appena fermi dietro una fila di taxi, mio padre interruppe bruscamente la conversazione e tornò distaccato come d'abitudine: ringraziò Rita, le strinse la mano e scivolò fuori in tutta fretta, lasciandoci soli. Non si voltò neppure e sparí nella gola buia dell'atrio. Rita rimase un istante interdetta, ma poi capí il senso di quella manovra, prima ancora di me, e si voltò per guardarmi con molta tenerezza.

– Tua madre l'hai rivista?
– No.
– Nemmeno lui?

Indicò la cavità dell'atrio che aveva ingoiato mio padre.

– No, nemmeno lui.
– Mi dispiace...

Presi la borsa e la valigia e aprii lo sportello.

– Lasciami il tuo indirizzo di Roma – mi disse –. Ti scriverò.

– Ma se non mi hai scritto nemmeno quando facevo il militare...

– Non è vero. Una volta ti ho scritto.

E aveva ragione lei, mi aveva scritto una lettera su un foglio bianco a quadretti blu. Però aveva sbagliato l'indirizzo della caserma e la lettera ci aveva messo due mesi per arrivarmi. Tirai fuori dalla tasca interna l'agendina e l'aprii a caso, per strappare un foglio e scriverci sopra il mio indirizzo. C'era un biglietto infilato tra le pagine.

IL DORMIVEGLIA È IL
IL GIARDINO DEI SOGNI

Forse qualche stella s'era assestata per davvero. Oltre tutto capii immediatamente il gioco, quel suo trucchetto banale in cui ero cascato quando il babbo me lo aveva fatto, e adesso sembrava impossibile non averlo notato. E come l'avevo letta e riletta, la frase, senza accorgemene, fino a imprimermela nella memoria nemmeno fosse una massima pronunciata da un santo.
— Che c'è? — chiese Rita.
— Niente. Ci sono due *il*.
— Due cosa?
— No, niente. Un gioco scemo...
Fui tentato di spiegarle tutto, per non fare anch'io come mio padre, cominciando a dire dei giochi e poi lasciandoli a metà. Ma mi parve impossibile spiegarle tutta la faccenda, esattamente. Rita mi guardava perplessa, divertita, curiosa, e non sembrava vero nemmeno che io le avessi baciate, un tempo, quelle sue labbra dipinte.
— Me lo dai o no?
— Cosa?
— L'indirizzo...
Strappai una pagina di gennaio dall'agendina e ce lo scrissi sopra. Poi glielo porsi.
— Fammi un piacere, però — le dissi —. Non scrivermi.
Lei si mise a ridere, ma forse era un po' in soggezione.
— E allora perché mi dai l'indirizzo?
— Perché ho bisogno di un piacere — fu quello che riuscii a rispondere —. Io non faccio piú in tempo.
— Che piacere?
— C'è un bar — spiegai — sulla Costa dei Barbari, che si chiama « Libeccio Club ». Si vede subito perché ha un'insegna molto grande. Tu dovresti an-

dare lí, adesso, e chiedere una cosa al barista. È un omone coi baffi, avrà quarant'anni, ha l'aria di essere il padrone. Stamattina, verso le otto, abbiamo fatto colazione lí, e c'era una musica nel bar, un'opera lirica cantata da una donna. Se non era la radio, se era un nastro che aveva messo lui, forse il barista ti potrà dire il titolo di quell'opera. E se te lo dice, tu allora mi dovresti spedire il titolo all'indirizzo che ti ho dato, e sarà come se tu mi avessi scritto cento lettere...

L'avevo presa talmente alla larga che una volta arrivato al punto il coraggio per andare avanti spariva. Eppure lei continuava a sorridere, e me la stava dando, adesso, l'occasione di dirle quello che mi bruciava ancora dentro.

— Cosí come – mi sforzai – con questo favore che ti chiedo è come se ti avessi detto tutte le cose che mi restano... Che non mi riesce... E tanto ormai... D'altronde...

E infine venne, puntuale e inesorabile, a spazzare via tutto, lo smorzaparole.

— Insomma, hai capito...

Abbassai gli occhi, provavo una grande vergogna. Magari lei voleva sentirsi maledire, magari aveva *bisogno* di sentirsi rinfacciare tutto il male che si era lasciata dietro, e invece io l'avevo delusa.

— Come si chiama quel bar? – mi chiese.

— « Libeccio Club ». È sulla Costa dei Barbari, quasi in fondo.

— Dio! E come ci siete finiti laggiú?

— Cosí, per caso. Se non puoi non fa niente, non è cosí importante... Però allora non scrivermi.

— No, no – rise –. Ci vado subito... Un'opera lirica cantata da una donna, stamattina verso le otto... Mi prenderanno per matta...

Uscii dalla macchina. Poi, attraverso il finestrino

la baciai sulla fronte, come avevo fatto nel camerino prima di quel saggio, mentre Silvio Salinas le portava un gran mazzo di rose. Avesse tenuto mio figlio, invece di lasciarselo raschiare via come uno schizzo di catrame, quell'uomo non l'avrebbe nemmeno conosciuto, e adesso non sarebbe stata piú infelice.

— Perché ti interessa tanto quell'opera? — mi chiese.
— Mi serve. Per lavoro.
— Se te la trovo poi mi rispondi?
— Sí...
— Allora contaci. Ciao.

Un taxi, da dietro, suonava per chiedere strada, la macchina di Rita stava bloccando la coda. La lasciai che trafficava col cambio, chiedendomi se sarei stato capace di tirar dritto senza voltarmi.

— E grazie! — mi sentii gridare dietro —. Per non avermi detto che sono *tanto* dimagrita!

Una marcia che sgranava, una gran sfollata, il motore che si spegneva e poi rientrava in moto. Una sgragnuola di clacson, poi uno stridío di pneumatici. Resistetti ancora qualche passo, e quando infine mi voltai la macchina di Rita non c'era piú. Posai in terra la valigia e la borsa, e rilessi il biglietto che mi era rimasto in mano. C'erano proprio due il. Lo appallottolai, lo buttai in un cestino e feci centro, ma mi parve che una soddisfazione del genere se la fosse presa anche un tale, in un film che avevo visto.

A Genova mio padre perse un dente. Morse un panino nel buffet della stazione, aspettando la coincidenza per Milano, e il dente rimase conficcato nella crosta del pane come un proiettile. Lui lo fissò un istante, si toccò la bocca, poi lo estrasse dal panino e lo osservò ancora tra le dita.

– Sempre d'agosto – disse sorridendo –. I denti vanno via sempre d'agosto.

Si pulí il sangue dalla bocca e gettò il dente in un cestino dei rifiuti. Cadendovi, il dente fece un rumore allegro, beneaugurante, come una monetina che cade nel salvadanaio.

– Quando i dentisti sono in ferie – aggiunse.
Io ero inorridito. Facevo spesso dei sogni in cui i denti mi cadevano dalla bocca, e tra le mie labbra si spalancava un'orribile caverna nera. Ora a mio padre era capitato. Lui non ne pareva minimamente turbato, ma la fessura che adesso violava il suo sorriso gli conferiva un'aria sgangherata e sinistra che nessun contegno poteva piú mascherare. Ormai la sua rovina non era piú una faccenda di abbandoni, di fallimenti e di castighi coniugali, ormai si trattava della banale caduta in pezzi della sua persona. Una graduale successione di sparizioni che era cominciata e avrebbe sgretolato, poco alla volta, tutto il suo corpo. A quello, davvero, non c'era rimedio.

Ricordai il suo smarrimento, due giorni prima, quando s'era perso a due passi da casa mia e non era stato capace di ritrovare la strada finché un vecchio non gli aveva mostrato quant'era facile. Ricordai le sue parole, « Non mi era mai successo », ripetute troppe volte per non tradire un'autentica angoscia anche se poi, con Rita, su quel fatto aveva riso e scherzato. E, fatalmente, ricominciò a lanciare il pensiero della sua misteriosa degenza in ospedale, di cui non mi aveva detto nulla come se ne vergognasse.

Dopo tutto questo, e col funesto spettacolo del suo sorriso mutilato davanti agli occhi, non mi riuscí di finire il mio panino, e quando feci per gettarlo nel cestino vidi che il dente di mio padre vi splendeva solitario come un diamante in un'urna. Era candido, brillante. Sembrava messo lí per dimostrare a tutti la debolezza della bocca che non era riuscita a trattenerlo.

Lo raccolsi e lo misi in tasca, di nascosto, senza che mio padre se ne accorgesse.

Lui intanto s'era spostato, e se ne stava in piedi contro il muro a fissare un manifesto celebrativo delle ferrovie di Stato. Gli andai vicino e mi misi anch'io a guardare il manifesto, su cui una bella donna di spalle aspettava un treno che stava arrivando sullo sfondo.

– Quando ero ragazzo c'era un manifesto simile a questo – disse il babbo –. Un treno che partiva e tante facce sorridenti fuori dal finestrino, mani che salutavano. C'era una scritta sotto, me la ricordo ancora: « Per dove parte questo treno allegro? ». A vederlo veniva subito la voglia di partire.

Tacque un attimo, e con la lingua si accarezzò il

buco che ora aveva tra i denti, come per prenderci
confidenza.
– Sai per dove partiva quel treno? – domandò.
– Per dove?
– Per la Germania. Era un manifesto della Repubblica di Salò, che invitava gli italiani a emigrare
in Germania. Nel '44. Era stato organizzato un treno
speciale, « verso la ricchezza », dicevano, « verso il
lavoro e la felicità ». Certi miei amici lo presero, e
anch'io stavo per prenderlo, ma poi mio padre me
lo impedí.
Si voltò a guardarmi, con la faccia come impietosita da un brivido di malinconia.
– Quelli che lo presero, poi, furono tutti deportati.
Arrivò il nostro treno e salirci sopra, dopo
quel suo ricordo, non fu piú la stessa cosa. Fu diverso. Sedemmo in uno scompartimento vuoto, dove
avremmo potuto parlare, dirci qualche altra cosa,
e invece restammo zitti.
Mi ritrovai in balía dei dettagli, delle scritte
con i divieti, delle bigie fotografie di cittadine turistiche appese sopra ai sedili.

VARAZZE (SV)   TIRLI (GR)   MILAZZO (ME)

Il babbo era seduto nella zona di Milazzo. Mi
voltai e sopra la mia testa, in corrispondenza del mio
posto, c'era solo una cornice vuota.
Lasciai perdere il giornale e presi il walkman
dalla borsa. La sola musica che avrei voluto veramente sentire era quell'opera lirica di cui non ricordavo
ormai piú niente, ma nei miei nastri avevo soltanto
musica rock. Mi consolai pensando che Rita, forse,
aveva appena saputo di che opera si trattava, e mi

avrebbe spedito il titolo a Roma, magari accompagnato da qualche parola che non aveva potuto pronunciare a voce, prima perché c'era suo marito, poi perché c'era mio padre, poi perché la sua macchina stava intralciando la fila dei taxi. E anche se non avesse saputo nulla di quella musica, pensai, avrebbe *dovuto* scrivermi una lettera. Doveva averlo capito, ormai, che davanti alle cose importanti mi scivolava fuori dalla bocca l'esatto contrario di ciò che avrei voluto dire.

Se invecchiare non serviva a capire cose come queste, allora non valeva la pena nemmeno invecchiare.

Mio padre aveva chiuso gli occhi e cercava di dormire in quel modo disperato in cui si può cercare di dormire sui treni. Non riusciva a puntellare la testa che sballonzolava a ogni scossone, e periodicamente calava in avanti in un lentissimo inchino finché non veniva risollevata di colpo con un sussulto. Tutto avveniva senza che lui riaprisse gli occhi, nella sua tipica ostinazione a non riconoscere le proprie sconfitte: alla fine del viaggio, ne ero certo, nonostante il tormento di cui ero testimone, avrebbe finito lo stesso per dire « Ho dormito ». Ma non era vero, non stava dormendo.

Per l'ultimo tratto del viaggio fissai fuori dal finestrino un paesaggio rovente e privo di punti di riferimento, il cui srotolarsi non portava mai a nulla, come la pellicola di un film noioso. Alla fine, però, quando il treno procedeva pianissimo in un estuario di binari e già s'intravedeva la pancia possente della stazione, vidi qualcosa che mi colpí, e non mi parve privo di senso. Due operai, a torso nudo, stavano appollaiati a sei, sette metri di altezza, su due differenti bracci di uno stesso traliccio. Ai due bracci erano appesi dei semafori, forse li stavano riparando. D'un tratto uno gettò all'altro un martello, o una chiave inglese, un attrezzo, comunque, corto e luccicante: quello volteggiò nell'aria, compí un paio di capriole che parevano quasi calcolate, e atterrò dolcemente nella mano dell'altro, che ne assorbí lo slancio con una grazia da acrobata. Tutto quel movimento, compiuto cosí in alto, cosí perfettamente, anche se non sapevo esattamente in che cosa, ricordo che mi incoraggiò.

Alla frenata del treno, lunga e stridente, mio padre sembrò risvegliarsi.

Sui cartelloni appesi in fondo al marciapiede insieme esaminammo gli orari dei treni per Lugano. Ce n'erano parecchi, quasi ogni ora. Decidemmo di dormire lí, e il giorno dopo io avrei compiuto la mia missione partendo con un treno alla mattina e ritornando con uno al pomeriggio. Sull'agendina appuntai gli orari di entrambi, ma li avrei ricordati ugualmente.

Attraversammo la grande galleria di negozi, edicole e buffet, affollata da persone che non parevano aver molto a che fare con gli arrivi e le partenze: erano uomini soli, per lo piú, in piedi, appoggiati ai muri, che sembrava si fossero affidati a quella cavità per una loro disperazione d'agosto. Guardavano ogni vero viaggiatore con molta attenzione, come decidendo o no, ogni volta, di avvicinarlo e fare la sua conoscenza.

Alcuni si avvicinavano davvero, e chiedevano qualche spicciolo, o una sigaretta, o se interessavano oggetti di contrabbando.

All'imbocco dello scalone che scendeva verso l'uscita mi fermai, incuriosito, a leggere il cartello luminoso che accompagnava l'insegna del Museo delle cere:

AMMIRATE QUI I PIÚ FAMOSI
PERSONAGGI DELLA STORIA E DELLA CRONACA
DI TUTTI I TEMPI AMBIENTATI
IN MERAVIGLIOSE SCENOGRAFIE

C'era una piccola scala che scendeva verso un pianerottolo su cui rilucevano altre scritte, piú piccole, e da cui filtrava una musica volgare e senza qualità. Il tutto era di uno squallore variopinto simile a quello dei sexy-shop, uno squallore studiato e persino attraente, completo di individui che ne uscivano guardandosi attorno e scivolando subito tra la folla, come vergognandosi. Rimasi qualche secondo a esitare, ritto davanti al cartello, immaginando i personaggi della storia nella loro vitrea somiglianza con gli originali, lo sguardo perso in qualche casuale direzione, la faccia bianca per la mortificazione d'esser finiti in quel misero zoo nel ventre di una stazione ferroviaria. Feci qualche passo avanti, quel posto mi attirava, ma quando stavo per tuffarmici dentro mio padre mi prese per un braccio e mi trascinò via.

A terra cercammo la biglietteria internazionale e allo sportello mio padre mi precedette, facendo per me il biglietto di andata e ritorno per Lugano. Lo fece di prima classe, ben sapendo che io lo avrei fatto di seconda, e me lo affidò.

– Cerchiamo un albergo qua vicino, cosí domattina...

Uscimmo fuori. Il caldo, lo smog e un continuo contrappunto di clacson resero immediatamente sgradevole la prospettiva di camminare a piedi con i vestiti umidi di sudore e i bagagli in mano. Di fronte a noi, d'altra parte, già si stagliavano molte insegne di hotel in cima ad alti edifici, velate da una foschia che rendeva il cielo quasi giallo.

MINI HOTEL
AOSTA
MICHELANGELO
BRISTOL

Mio padre s'incamminò in quella direzione, dov'era una piazza su cui affacciavano gli ingressi di quei grandi alberghi. Io, per caso, gettai l'occhio in una strada piú piccola che sfociava nella piazza e vidi un'altra insegna, piú bassa, e qualcosa come una rotonda sporgenza di vetro subito sopra.

PENSIONE CORALLO

Feci qualche passo e la sporgenza di vetro era proprio un bovindo, come avevo sperato. L'edificio intero era di uno stile strano, molto nordico, che mi ricordò immediatamente le case di Copenhagen: il fronte stretto sulla strada, una leziosa decorazione da casa delle fate e il bovindo che scoppiava all'infuori come una pustola, ad acchiappare la luce. La pensione, in sé e per sé, pareva abbastanza modesta, ma quella sua assurda somiglianza con le case danesi mi attrasse irresistibilmente. Prima che mio padre avesse deciso quale dei grandi alberghi a cinque stelle, attorno a lui, fosse degno della nostra presenza, io ero già fermo all'ingresso della pensione, e lo chiamavo.

– Cosa ti salta in mente? – gridò –. Io non ci vengo in quella topaia.

Pareva si fosse già dimenticato che la notte precedente aveva dormito all'aperto, su un pezzo di spiaggia libera incatramata e puzzolente, dove i barboni andavano a drogarsi e i maniaci sessuali a seppellire i cadaveri dei bambini.

— Non è una topaia, è un albergo.

— Senti, io ho bisogno di lusso. Me lo voglio proprio vedere intorno, il lusso, lo spreco. Voglio essere servito. Voglio *pagare*.

— E dove vorresti andare?

— Là — indicò un palazzone di dieci piani chiamato « Michelangelo » —. C'è un inserviente in divisa all'ingresso, e io ho voglia di dargli ventimila lire di mancia.

— Ma non c'è il bovindo. In nessuno di quei grandi alberghi c'è un bovindo.

— E allora?

— Te lo ricordi il bovindo a casa del nonno, a Copenhagen?

— E allora?

— E allora tu non hai ancora capito che non si può andare dove si vuole. Non si può nemmeno *volere*, per essere esatti. A casa del nonno c'è il bovindo perché in Danimarca quasi tutte le case hanno un bovindo. A Milano, probabilmente, questo è l'unico edificio che ne ha uno, perché in Italia nessuna casa ha il bovindo. È una questione di clima, di luminosità del clima...

— Tu straparli.

— Chi ci deve andare, dimmi, qui dentro, se non noi, che alla luce di un bovindo abbiamo bevuto il tè per anni, alla fine d'agosto, in quelle teiere bruttissime di ceramica di cui la nonna andava tanto fiera?

— Era porcellana...

— Se tu hai bisogno di lusso, io sento invece che

non sopporterei un altro portiere d'albergo che ci fa quattro salamelecchi e ci sbatte sotto il naso il dépliant di un congresso dicendo « Mi spiace, siamo completi ». Perché non è là che noi dobbiamo dormire, e non ci sarà sicuramente posto per noi. E non ci sarà posto nemmeno al « Bristol » né al « Mini Hotel Aosta », né al... al...

Strinsi gli occhi per leggere, controsole, da quella distanza, l'insegna del quarto albergo sulla piazza.

— « York »... Senti anche i nomi, come suonano male... « York », « Bristol »... Senti invece questo, « Pensione Corallo », com'è piú... adatto...

— È una topaia.

— Ascolta. Io quello che dico te lo posso dimostrare. Ho dei *poteri*, conosco certi misteri... dammi una possibilità...

Mi guardò da sotto le sopracciglia, con un tempo e un'espressione veramente degni di Mitchum.

— Facciamo testa o croce. Se vinco io andiamo qui, se vinci tu andiamo là, a farci dire che non c'è posto...

— Allora andiamoci subito.

— No, per piacere... Tiriamo a sorte...

Misi una mano in tasca per cercare una monetina e rabbrividii, trovando l'avorio liscio e tiepido del suo dente, di cui mi ero dimenticato. In effetti era un pezzo che non sorrideva.

— Prendi cento lire – dissi.

Stavo toccando un tasto che lo trovava debole, il suo vecchio orgoglio pragmatista di avere esattamente cinquanta probabilità su cento di farmi fare una figura da idiota. Tornò a sorridere e a mostrare il suo buco, s'infilò una mano in tasca e tirò fuori cento lire.

— Scegli tu. Fai tutto tu.

— Testa – disse.

Fece frullare la moneta molto in alto con un colpo di pollice, poi la riprese al volo e la schiacciò sul dorso dell'altra mano. Infine la guardò, dopo avermi lanciato un'ultima occhiata commiserevole.

– Che gran culo rotto – disse.

È stata quella l'unica parolaccia che gli abbia mai sentito pronunciare.

Volle prendere due camere separate. Nella pensione non c'erano camere singole e cosí, occupando esattamente il doppio dello spazio e spendendo il doppio dei soldi, il suo bisogno di lusso trovò un briciolo di soddisfazione.

Il proprietario era un uomo massiccio, con una bella barba grigia e un grosso naso levantino che lo facevano somigliare a Peter Ustinov. Ci chiese i documenti come negli alberghi migliori. Tutta la pensione, del resto, era molto piú elegante di quanto si potesse immaginare dal di fuori. C'erano mobili di legno e tappeti, e la scala circolare che portava alle camere era ricoperta di una soffice guida rossa, alla maniera francese. Non c'era il bagno nelle stanze ma quello comune, al piano, era grande e pulito. In corrispondenza del bovindo, al primo piano, c'era un salottino con alcuni tavoli, un divano e dei puff, dove sedeva un giovane arabo, piuttosto malmesso: teneva un bicchiere nella mano e fissava fuori dalla vetrata, in direzione del palazzo di fronte su cui aggettava un'insegna dell'Air Lanka.

Proposi a mio padre un giro per Milano, tanto per finire il pomeriggio. Ma lui disse di essere molto stanco e di voler riposare.

— Ma non hai dormito sul treno?
— Macché... Non mi è riuscito.

Mi convinse a fare il mio giro da solo, mentre

lui avrebbe dormito, per poi ritrovarci piú tardi e cenare insieme.

– Mi devi ancora dire tutto su quei soldi – gli ricordai –. Io non so nulla.

– Te lo dico stasera – rispose, e sbadigliò.

Il mio giro si limitò a una semplice corsa in taxi fino al centro, dove scesi e mi misi a passeggiare da solo. La cappa di caldo non accennava a sollevarsi, non tirava un filo di vento, e l'unico refrigerio possibile, per strada, era la corrente d'aria che seguiva il passaggio dei tram. C'era una certa quantità di persone, per lo piú sole e affaticate, che camminavano come me, con un'aria annoiata, come non stessero tornando a casa ma si aggirassero per passare il tempo.

Il centro era movimentato da una serie di iniziative municipali che occupavano strade e piazze con bancarelle, striscioni, annunci di spettacoli e sagre. I tavoli ancora vuoti di una Festa dell'Unità, i palchi in mezzo alle piazze dove si stavano provando i microfoni, le bancarelle con i fiori e i dolciumi, tutti i preparativi per quell'annunciata allegria di regime mi parvero molto tristi: erano simili all'entusiasmo di certe belle donne di cinquant'anni, divorziate e un poco sfiorite ma ancora piene di vita e capaci di organizzare una festa e fare divertire i loro ospiti.

Pensai a mia madre. Sebbene continuassi a ricordarla come una bambina della Coppertone, bionda e irresponsabile in un mondo di cocker che le tiravano giú il costume, mi resi conto che aveva ormai quarantanove anni. Anche lei era divorziata, anche lei doveva essere un po' sfiorita e anche lei, probabilmente, era adesso frequentata da persone sole e terrorizzate dall'idea di rimanerlo.

A meno che non si fosse legata sul serio con

qualcuno, in Danimarca, dopo avere abbandonato anche quell'antiquario che l'aveva portata via al babbo. A meno che non si fosse risposata, e avesse fatto magari un altro figlio, finendo per regalare a loro, al mio *patrigno* e al mio *fratellastro*, quell'amore e quella dedizione che non aveva saputo riservare a noi. Le ultime notizie la davano in fuga dall'Italia, tanti anni prima, sola e con un altro sfacelo alle spalle. Poi era subentrato il sepolcrale silenzio di mio padre, l'imbarazzo, la vergogna, e l'abissale distanza con la Danimarca: tutto era rimasto fermo ai remoti ricordi di lei giovane e bella, sorridente o arrabbiata ma comunque preda di quell'irrequietezza che faceva sembrare sempre miracoloso vederla *rimanere*. E mi parve impossibile, dopo tanto tempo, immaginarla diversamente, domata, rassegnata, invecchiata, come del resto doveva essere.

Passai davanti a una sala giochi, inoltrandomi in una selva di motorini parcheggiati sul marciapiede. Dall'interno proveniva una cupa sinfonia di gemiti elettronici. Attraverso un vetro popolato di immagini riflesse intravidi una ragazza bionda, i capelli corti sul collo, impegnata a manovrare le leve di una macchinetta nera. Era carina, era sola, ed entrai.

Le andai vicino e mi misi a guardarla giocare. Con una leva e un bottone pilotava un atleta sullo schermo, impegnato in differenti discipline sportive: corsa piana, salto in lungo, lancio del giavellotto, corsa a ostacoli, lancio del martello, salto in alto. La ragazza sembrava molto abile perché vinceva sempre contro l'avversario manovrato direttamente dal computer.

L'atleta pilotato da lei era biondo, quello pilotato dal computer era negro.

Dopo ogni vittoria l'atleta biondo alzava le braccia in segno di giubilo e veniva acclamato da un'ovazione elettronica, mentre il negro si disperava coprendosi la faccia con le mani.

Quando la ragazza cominciò da capo un'altra partita mi accorsi che componeva la parola SEX come sigla di riconoscimento per il proprio atleta. La guardai meglio. Era giovanissima, ma vestita con quegli stracci neri e ricoperta di tutti quei monili d'argento finiva per sembrare piú grande. Aveva un viso candido e fresco, solo un poco sciupato da una trasandatezza che pareva come calcolata. Anche i due deboli segni neri che aveva sotto gli occhi potevano essere solo disegnati. Mi guardò, di sfuggita, e mi sorrise, continuando a giocare. Attraverso la scollatura del suo camicione intravidi i suoi seni, ed erano rotondi e ben fatti.

Dopo un lancio del martello particolarmente lungo la vidi serrare i pugni in segno di gioia: vi fu una lunga ovazione e sullo schermo comparve una scritta in inglese, in cui si leggeva che SEX aveva stabilito il nuovo record del mondo.

Alla fine SEX fu premiato sul podio e ricevette alcuni baci da una miss, mentre dalla macchinetta usciva la musica del film *Momenti di gloria*. Poi, senza che fossero introdotte altre monete, la partita ricominciò da capo.

– Ma non finisce mai questo gioco? – le chiesi.
– No – rispose –. Finché uno vince continua.

Aveva una voce acerba e vellutata, appena traversata da una raucedine che pareva anch'essa artificiale. Mi guardò di nuovo e i suoi occhi brillarono nella penombra: erano un po' arrossati, forse per la lunga concentrazione sulle figure elettroniche dello schermo.

– E non ti viene a noia?
– Sí. Infatti adesso perdo apposta.

Scattò di nuovo la corsa dei cento metri piani e

sex, questa volta, arrancò alle spalle del negro senza riuscire a superarlo. Finalmente fu il negro a ricevere l'ovazione e ad alzare le braccia al cielo, mentre toccò a sex disperarsi con la testa tra le mani.

### GAME OVER

– Ecco fatto – disse, spietatamente.
Sullo schermo comparve la classifica della giornata, in cui sex figurava al terzo posto, preceduto da un certo lsd e da un certo usa.
– Se continuavi potevi arrivare prima.
La ragazzina mi guardò un istante, e i suoi occhi si spostarono impercettibilmente a destra e a sinistra, come stesse fissando, uno alla volta, i miei.
– Tu non sei italiano.
– No. Sono danese.
– Però lo parli bene, l'italiano.
– Mia madre è italiana. Sono venuto a trovarla, ma non c'è.
– Sei venuto *dalla Danimarca* per questo?
– Sí.
– Non ci credo.
– Giuro. E senza nemmeno avvertirla.
– Grazie che non la trovi.
– Volevo farle una sorpresa.
– Che idea... Sei matto.
Ridacchiò. Arrivò un ragazzo, che appoggiò il casco sul videogioco e ci spinse di lato, senza dir nulla, per farsi spazio e giocare.
– Senti – le dissi –. Vieni a fare un giro con me?
Il suo sguardo scese su tutta la mia persona, lungo il mio abbigliamento cosí convenzionale, forse deludente per lei.
– Mentre aspetto – aggiunsi –. Non conosco nessuno.

Ma la giacca era tutta spiegazzata, la cravatta l'avevo allentata, le scarpe erano ancora sporche di sabbia e questi dettagli, secondo il suo *stile*, dovettero piacerle.

— Hai del fumo? — mi chiese.
— Certo — risposi, sorridendo.
— Qui? Con te?
— Si capisce.
— Okay. Dove andiamo?

Sedemmo al tavolino di un bar all'aperto, non so bene dove. Fu lei a portarmici. C'erano parecchi turisti. Ordinammo due granite alla menta, mentre io rispondevo a molte domande che lei mi faceva sulla Danimarca. Credo di avere mentito in tutte le risposte ma può darsi che una volta o due, senza volere, abbia anche detto la verità. Non sapevo molte cose piú di lei, dopotutto, sulla Danimarca. Lei mi ascoltava e non sembrava imbarazzata dal fatto che io, parlando, continuassi a fissarla: quando rideva le spuntavano le fossette nelle guance e la sua espressione si faceva improvvisamente indifesa, ma normalmente manteneva un'aria piuttosto dura, come avesse deciso di bandire la tenerezza dalla sua vita.

— Devo fare una telefonata — dissi a un certo punto —. Mi aspetti?
— Basta che non ci stai mezz'ora.

Nel bar mi feci dare l'elenco e chiamai la Pensione Corallo. Nella cornetta riconobbi subito la voce di Ustinov, cui chiesi di passarmi mio padre.

— Ti ho svegliato?
— No. Ho dormito pochissimo.
— Volevo dirti che tornerò un po' piú tardi. Ho incontrato una mia amica e resto a cena con lei. Ti secca?
— Figurati.

Mentre il babbo riagganciava mi ero già pentito di avergli fatto quella telefonata. Lasciarlo solo in quel modo e costringerlo ad aspettarmi in pensione mi sembrava una vigliaccata. Stavo per richiamarlo quando vidi, attraverso il vetro, la ragazzina che si alzava dal tavolino. Riappesi la cornetta e tornai fuori.

– Non stavo andando via – mi disse –. Mi ero solo stancata di star seduta.

Si appoggiò con la schiena a una cassetta della posta.

– Vado a pagare e arrivo – dissi.
– Ci tieni tanto, a pagare?
– No...
– E allora vieni via, tanto non se ne accorgono.

S'incamminò e io la seguii. Dopo qualche passo mi voltai e vidi il cameriere che portava due gelati a un tavolino, con un ombrellino di carta ficcato dentro. Di noi non si accorse.

– A chi hai telefonato?
– A mia madre.
– E l'hai trovata?
– No, niente. Non è ancora tornata.
– Capace che non c'è nemmeno...

Svoltammo a un angolo e passammo in una strada piú larga, ma non avevo la minima idea di dove fossimo.

– Io mia madre la odio – mi disse la ragazza –, e tu vieni dalla Danimarca per vedere la tua...
– Non la vedo da tanto...
– Beato te. Non sai la fortuna che hai.
– Tu vivi con lei?
– Per forza...
– Forse è per questo...

Svoltammo di nuovo e vidi comparire il Duomo,

improvviso, in fondo alla piazza costellata di bancarelle.

– Ci sei mai stato sul tetto del Duomo?

Ci fu da discutere per entrare, perché l'inserviente sosteneva che era troppo tardi. La ragazzina, orario alla mano, dimostrò che non era vero e alla fine riuscí a spuntarla. Ci fu intimato, comunque, di fare in fretta.

La osservai mentre saliva tutti quegli scalini con aria familiare, senza guardarsi intorno, come fosse solita andare fin lassú a finire i pomeriggi. Salendo incrociammo gente che scendeva, per lo piú turisti stranieri, uno dei quali, casualmente, ci fotografò mentre prendevamo fiato vicino a una feritoia.

Quando fummo in cima uscimmo all'aperto e camminammo sul tetto per un percorso prefissato che mi parve un po' pericoloso. Il sole cominciava a calare e faceva sulle lastre di rame dei riflessi assurdi, arancioni, che non avevo mai visto in vita mia.

In un punto in cui il percorso si allargava la ragazza si fermò e si sedette sulla passerella di legno. Tutt'intorno spuntavano le cime delle guglie, con i loro aguzzi ricami di pietra. Mi sedetti di fronte a lei ostruendo completamente il passaggio, ma non c'era piú nessuno che passava.

– Assomigli a qualcuno – mi disse, fissandomi –. A qualche cantante.

Soffiò, per respingere in alto un ciuffo di capelli che le spioveva sugli occhi. Aveva intorno il panorama della città a volo d'uccello, scintillante di antenne della televisione e di grattacieli d'acciaio, ma lei non se ne curava. Guardava in basso, le ginocchia strette tra le braccia.

– Ci vieni spesso, qui? – le chiesi.

Tutti i suoi modi, del resto, erano intrisi di una

svogliatezza malinconica, quasi minacciosa, come se ogni momento fosse buono perché se ne andasse, disgustata, da qualunque posto. Uno non riusciva neanche a immaginare un argomento su cui le si sarebbe potuto parlare per piú di due o tre secondi.

– Qualche volta, a fumare. Ce la facciamo una *canna*?

Solo alla parola *canna* i suoi occhi si illuminarono di un lampo di tenerezza. Io percorsi con un dito il tratto di pelle nuda che scendeva fino alle sue scarpette cinesi, ed era di un biancore assoluto. Pareva non ci avesse battuto neanche un raggio di sole, mai. Sulla caviglia aveva un piccolo tatuaggio azzurro, con l'emblema di un segno zodiacale.

– Bilancia?
– Sí, ma non è il mio segno.
– E perché te lo sei fatto tatuare?
– Non lo so... perché mi andava. Le cartine le hai?

Le dita, ricoperte di anelli, erano mangiucchiate tutt'intorno alle unghie, a sangue, in certi punti. Non doveva avere piú di sedici anni, forse quindici.

– Le cartine non le ho.
– Uffa... Potevi dirlo, cosí le compravamo.
– Non ci ho pensato...
– Bisognerà farci uno *svuotino*...

Mi venne da ridere, come mi capitava sempre dinanzi alle tragedie, al dolore, alla pena e alla miseria degli altri. Era una reazione nervosa, semplicemente, ma questa volta c'era anche l'assurdità di quella parola, *svuotino*, cosí puerile, cosí ridicola, a trascinarmi, e c'era la bianca agonia di quell'altra parola, sex, composta sullo schermo del videogioco con un candore che adesso risultava

osceno, perché le due parole si associavano, fino a farmi credere che ero salito sul tetto di una cattedrale insieme a una ragazzina veramente disposta a prostituirsi in cambio di uno *svuotino*...
— Perché ridi?
Rise anche lei, come si aspettasse che dicessi qualcosa di buffo.
— Senti — confessai —. Non ho neanche il fumo.
— Stai scherzando...
Invano mi sforzavo di stare serio.
— No, sul serio, non ce l'ho. Né le cartine né il fumo, nulla.
Mi guardava con aria incredula, stupefatta, mutando lentamente espressione man mano che si accorgeva che non stavo scherzando. Mi frugai in tasca dove riposava, assieme al dente di mio padre, il pacchetto delle sigarette.
— Ho delle sigarette. Tieni... Vuoi una sigaretta?
Continuava a fissarmi, la bocca socchiusa, lo sguardo ora feroce e inorridito dinanzi al mio tradimento.
— Ma fa davvero tutta questa differenza? È proprio cosí importante?
Infine si alzò, bruscamente, e mi guardò di nuovo dall'alto in basso, con disprezzo.
— Sei un grandissimo stronzo.
Cominciò a correre verso l'entrata buia della scala. Le sue scarpette cinesi non facevano rumore sull'impalcato e cosí in alto, sopra i tetti e tra i riflessi del rame, pareva volasse. La raggiunsi e la fermai a forza, afferrandola per le spalle.
— Lasciami stare! — strillò — Aiuto!
Non poteva sentirla nessuno. I suoi occhi fiammeggiavano adesso di autentico odio, ma non ne ero io il vero bersaglio, non poteva essere perché

*odiarmi*, addirittura, era troppo, era un sentimento piú appropriato nei riguardi forse di sua madre. Io ero soltanto uno sconosciuto che le aveva mentito, la sua doveva essere solo paura. Continuavo a stringerle le spalle ma non forte, non volevo farle male. Solo trattenerla.

— Aspetta, rispondimi. Io volevo solo stare un po' con te. È davvero cosí importante lo *svuotino*?

— Lasciami, bugiardo!

— Non puoi parlare con qualcuno senza drogarti? È davvero cosí necessario?

— Io non ci parlo con un bugiardo!

Si divincolò e scappò via di nuovo. Stavolta la lasciai andare, la sua risposta mi aveva soddisfatto. In fondo, le avevo mentito dal primo all'ultimo istante, perché non avrebbe dovuto indignarsi? Aveva ragione lei, io le avevo solo fatto perdere tempo. Il mondo, laggiú, era pieno di gente che poteva darle quello che cercava, e prendere ciò che lei offriva in cambio, senza dirle una sola bugia, senza mettersi a ridere davanti a nessuna parola. Ce la lasciai tornare.

Io tornai invece alla Pensione Corallo, con la metropolitana. Insieme alla chiave della camera Ustinov mi porse una lettera di mio padre, che era uscito e aveva lasciato quella per me.

— Quando è uscito? — domandai.

— Sarà mezz'ora.

— Aveva il bagaglio con sé? Una valigia scozzese?

— No.

— È sicuro?

— Sí. È uscito cosí. Ha fatto una telefonata ed è uscito.

Davanti al bovindo c'era ancora il giovane arabo, incorniciato in una tempesta di riflessi rossastri. Sul palazzo di fronte l'insegna dell'Air Lanka si era accesa e ammiccava di una luce tremula, inquieta. Lui continuava a fissarla e con lo sguardo sembrava l'adorasse.

Per tutta la notte non chiusi occhio. L'assenza di mio padre e le rivelazioni contenute nella sua lettera mi tennero sveglio e all'erta, stordito da mille sospetti. Leggevo, rileggevo e ogni dieci minuti uscivo dalla mia camera per bussare alla sua, ma lui non era ancora ritornato.

Mi aveva mentito, a Roma. Non dovevo piú andare a ritirare i soldi e passarci il confine, nella lettera ora mi diceva che dovevo solo firmare delle carte per farli trasferire in Italia. Perché, allora, mi aveva fatto credere che il mio compito sarebbe stato pericoloso, se non lo era affatto? Perché aveva chiesto a me di svolgerlo, visto che non c'era alcun rischio? E perché solo adesso mi informava che di quei soldi io ero il *proprietario*? Possedevo, senza averlo mai saputo, senza aver mai fatto nulla per meritarlo, un conto corrente in Svizzera. *Perché*?

Ogni volta che bussavo alla sua porta, nel frattempo, lui non rispondeva.

Perché aveva voluto prendere a tutti i costi due camere separate? E se Ustinov si fosse sbagliato, e non si fosse accorto che era uscito con la valigia, partito? O se fosse stato semplicemente d'accordo con lui, se lui gli avesse allungato una delle sue mance per farlo mentire? Poteva essere già lontano, a quell'ora, la sua lettera essere soltanto una specie di testamento e i soldi una mera *eredità* da andare a ritirare. In quale trappola ero stato attirato?

Per andare a ritirare un'eredità, lui lo sapeva bene, io non mi sarei mai mosso da Roma, perché aborrivo quel modo di tramandarsi le cose di padre in figlio, il denaro, gli ideali, i tratti somatici, la vita stessa, e con essa anche tutte le colpe, gli sbagli, le maledizioni. Di un tale meccanismo io volevo soltanto essere la fine, l'avevo sempre voluto, e per quello ero fuggito da lui invece di subentrargli nell'impresa assurda di difendere o scialacquare il suo patrimonio. Quei soldi erano l'ultimo segno rimasto del suo passaggio sulla terra: tornava adesso a balenarmi il sospetto che lui intendesse *trasmettermeli*, a tradimento, ricatturandomi cosí nel ferreo processo di discendenza cui avevo sempre cercato di sottrarmi.

Mi sentivo ingannato. Avevamo percorso insieme la contorta geografia delle cose perdute, avevamo affrontato la miseria di quelle persone care, Newman, Rita, persino il curatore e la sua famiglia, che ancora si sforzavano di tenersi a galla mentre noi andavamo a picco, ed eravamo usciti indenni, senza molto soffrire, dal fuoco di fila dei loro sguardi finali. E avevamo traversato insieme una distesa di volti sconosciuti, sfrecciati subito via, appena illuminati da qualche vaga somiglianza, dei quali rimanevano solo singoli frammenti da ricomporre nella memoria fino a ricordarsi di un'unica mostruosa persona, che vietava di fumare nei taxi e poi chiedeva droga nelle sale giochi, proteggeva le tartarughe marine e uccideva i cani, allineava le tazzine ascoltando un'opera lirica, acchiappava al volo le chiavi inglesi dall'alto di un traliccio, per sprofondare infine nell'ombra rosata di un bovindo, muta, immobile, a fissare i colori di un'insegna al neon fuori dal vetro.

Quello era il vero premio per il nostro viaggio, non i soldi, e senza mio padre vicino, adesso, continuare il viaggio o interromperlo, ritirare i soldi o anche lasciarli marcire nelle casseforti di quella banca, mi parevano azioni ugualmente prive di significato. E intanto dalla sua camera nemmeno un gemito, né un respiro o il suo scoppio di tosse che ne tradissero la presenza, rincantucciato magari dietro la porta e deciso a non rispondermi mai, ma *lí*.

Senza di lui, con solo quella lettera che poteva valere tutto l'oro del mondo ma non tossiva, non perdeva i denti e non somigliava a Mitchum, essere lí, io solo, a Milano, nel cuore della notte, d'agosto, in una pensioncina ad aspettare l'alba, mi pareva soltanto ridicolo. Bussavo e ribussavo alla sua porta e non era piú per provocarlo che lo cercavo, non era piú per sorprenderlo o smascherarlo nelle sue celate debolezze: ora era vero bisogno, mi accorgevo, di lui, di scoprire che non mi aveva ingannato, abbandonato, era *necessità*.

Per tutta la notte lo cercai e alla mattina fu lui a trovare me. Bussò lui una volta alla mia porta e io balzai fuori al primo rintocco, prima ancora che la sua voce risuonasse. Ma era tardi, il treno per Lugano stava per partire. Rimaneva cosí poco tempo che non gli potei dire nulla, non gli potei nemmeno chiedere perché mi aveva mentito, né cosa aveva intenzione di fare, esattamente, con quel denaro, né cosa aveva avuto quando era stato ricoverato all'ospedale e perché non me lo aveva detto. Nulla, non ci fu tempo.

Ci fu solo il tempo di sentirgli affermare di aver passato tutta la notte in giro con quel suo

amico, ma mi parve che dalla fessura nel suo sorriso volesse scivolare fuori la parola « donna ».
— È tutto chiaro? Hai capito?
— Sí.
— Ti accompagno alla stazione.
— Non importa.
— Sono due passi.
— Vai a dormire, sei stanco.

Aveva un'aria beata e disfatta, aveva *sicuramente* passato la notte con una donna. Forse pensava che anch'io l'avessi passata con la mia amica. Lo lasciai sulla porta della pensione, dritto come un piolo di legno, con quel suo sguardo che era una lama scagliata da sotto le palpebre.
— Fa' tutto com'è scritto nella lettera!
— Mi raccomando!
— Non fare gradassate!

L'insistenza con cui continuò a gridarmi dietro frasi superflue, tuttavia, mi fece sperare che avesse anche lui un po' del mio magone, non foss'altro che rimorso per avermi lasciato solo come un cane per tutta la notte.

La strada era quasi deserta, popolata soltanto dai taxi e dai filobus in una sferragliante parata giallo-verde. Di corsa raggiunsi la stazione e salii lo scalone fino a rituffarmi nella galleria dove nuotavano gli accattoni, le scritte ed i neon, come in un acquario grandissimo.

AMMIRATE QUI I PIÚ FAMOSI
PERSONAGGI DELLA STORIA E DELLA CRONACA
DI TUTTI I TEMPI AMBIENTATI
IN MERAVIGLIOSE SCENOGRAFIE

Comprai un giornale all'edicola e di corsa raggiunsi il mio treno. Dentro di me ero già preparato a prenderlo al volo, ma non fu necessario. Sedetti al primo posto che trovai libero ma appena il treno cominciò a muoversi ricordai di avere un biglietto di prima classe e stupidamente risalii tutto il convoglio, per scoprire che la prima classe era completa. Uomini e donne anziane, dai soffici capelli bianchi e un'espressione distesa, ognuno il replicante degli altri anche nei vestiti, nelle scarpe, nelle montature degli occhiali, la occupavano integralmente, come fosse la gita di un ospizio di lusso.

Ritornai indietro fino al mio posto in seconda classe, che era rimasto libero, scomodo e duro, ad attendermi.

Provai a leggere il giornale. L'IRA DI GHEDDAFI. *Sufficienti elementi per temere una ripresa del terrorismo libico. L'Egitto ha dato il proprio appoggio alle manovre navali americane.* In realtà, *nulla*, non accadeva nulla, la guerra non scoppiava e quel gioco di allarmi cominciava a mostrare la corda.

Un'intera pagina, all'interno, era dedicata alla previsione dei morti per *L'esodo di Ferragosto*. Grazie al casco obbligatorio per i motociclisti ne erano previste alcune *decine* di meno.

Nel carcere di Firenze un cinese si era lasciato morire perché nessuno capiva la sua lingua.

ADDIO AMICO DIRIGIBILE
*Dopo anni di servizio nei cieli d'Europa il dirigibile della Goodyear parte oggi per la sua ultima trasvolata oceanica. Al suo ritorno negli Stati Uniti verrà smontato dai tecnici...*

Nonostante sentissi le palpebre che si abbassavano, pesanti e appiccicose, non riuscivo a dormire. Arrivò un controllore-donna e non disse nulla riguardo al mio biglietto di prima classe, come fosse normale che viaggiassi in seconda. Cominciarono a sfilare dei laghi fuori dal finestrino, o forse sempre lo stesso lago, frastagliato e irregolare, con erte montagne di un verde brillante poggiate tutt'intorno. Nell'acqua azzurra molte vele s'incrociavano fatuamente, in tutte le direzioni.

A Chiasso il treno si fermò per il passaggio della frontiera. Un enorme cartello attaccato sul tetto di un palazzo pareva, a suo modo, additarmi.

VIAGGIO GRATUITO PER I VOSTRI FIGLI.

Comparvero due finanzieri italiani e cominciarono a litaniare quella che sembrava, piú che altro, una questua.

– Buongiorno dogana dichiara qualcosa?
– Dove va?
– Quante lire porta?
– Valuta estera? Franchi? Dollari?
– Assegni? Documenti bancari?
– Preziosi?
– Bagaglio?

Uno aveva in mano un grosso libro sbrindellato, tenuto insieme da una copertina verde chiaro. Dopo avere esaminato ogni documento lo sfogliava e scorreva una certa pagina con il dito. Doveva trattarsi dell'elenco dei cittadini italiani segnalati alla frontiera e pensai che allora, in corrispondenza del mio cognome, il doganiere avrebbe potuto trovare mio padre. Perché poteva essere davvero lí, l'aveva detto lui stesso, sbattuto in quell'elenco dallo zelo del curatore, in compagnia di ladri e assassini, terroristi, trafficanti di droga, mafiosi, truffatori e bancarottieri. Oppure mi aveva mentito anche su quello.

A un uomo seduto vicino a me il doganiere fece aprire la valigia per guardarci dentro. Solo a lui, non si sa bene perché. Dalla valigia spuntarono alcune magliette, una macchina fotografica Kodak Instamatic, il libro delle profezie di Nostradamus e una densa matassa di biancheria sporca, che l'uomo cercò di coprire con un certo imbarazzo.

I doganieri italiani scomparvero e al loro posto spuntarono quelli svizzeri, in borghese, i capelli lunghi, una medaglietta di ferro attorno al collo su cui era scritto « CONTROLLO PASSAPORTI ». Non fecero nemmeno una domanda, gettarono un'occhiata distratta sui documenti di tutti e se ne andarono in silenzio. Il treno ripartí.

Dopo un quarto d'ora, senza avere smesso di costeggiare laghi e montagne, il treno arrivò a Lugano. Non immaginavo che fosse cosí vicino, e fui colto di sorpresa. Nella fretta di scendere tirai un calcio all'uomo cui avevano aperto la valigia, che assorbí il colpo senza scomporsi ma non sorrise quando gli chiesi scusa, come non intendesse perdonarmi. Aveva un volto cupo da professore di applicazioni tecniche.

A terra, sotto la pensilina di ferro, respirai profondamente un'aria che pareva diversa, piú buona. Dal treno scesero in blocco anche tutti gli anziani che mi avevano scacciato dalla prima classe, e c'era una piccola folla di parenti ad attenderli. Non stavo bene, ero stanchissimo e dentro al petto mi ribolliva il vulcano delle sigarette fumate per tutta la notte. Incombevano ancora sulla mia testa tutti i pensieri che durante il viaggio ero riuscito a sospendere ma rimanevano lí, pronti ad assalirmi di nuovo. L'amenità di quel luogo, tuttavia, mi penetrò le ossa e quasi mi commosse, come fosse già un ricordo simile a quelli della mia infanzia in Danimarca. C'era una brezza fresca che mi accarezzava, una quantità di volti riposati mi circondava, e una vista rassicurante si apriva davanti a me, dal piazzale della stazione, che era in alto, sulla distesa di case digradanti fino al lago, case già nordiche, con i tetti a punta e bianche come i modellini di plastica dei trenini elettrici.

Per qualche momento riuscii a rimanere cosí, imbambolato, a provare la rara sensazione di pace che si annida solo nella piú cieca ubbidienza. Ma passò presto, schiacciata dalla irresistibile tentazione che negli anni mi aveva rovinato, di non essere mai piú felice, o in pace, per nessuna ragione, quel getto gorgogliante di voci che sgorgava dalla mia coscienza e l'ottundeva, ripetendo davanti a ogni cosa « distaccatene, non aggiungervi nulla di tuo, cancellala, perché *ognuno reca dolore e l'ultimo uccide* ». E infatti dalla tasca già spuntava il lembo affilato della lettera di mio padre, dove erano scolpiti i comandamenti di un Dio ostinato e bugiardo che non ammetteva esitazioni.

Mentre aspettavo il taxi la aprii per l'ennesima volta e ne rilessi alcuni pezzi. Non le istruzioni, quelle le sapevo a memoria, solo l'inizio e la fine, dove tornava ad essere una tipica lettera delle sue, fredda e distanziatrice.

*Visto che sei in buona compagnia ne ho approfittato per telefonare a un vecchio amico che vive qui a Milano. L'ho trovato e mi ha invitato a cena. Non ci vediamo da anni e vuole festeggiare.*

Visto che ero in buona compagnia ne aveva approfittato per passare la notte con una puttana. *Approfittare*, poi, era un verbo che io non utilizzavo mai, lo aborrivo.

*Non so a che ora tornerò, e se tu torni prima non mi aspettare. In questa lettera troverai tutto ciò che devi fare domani.*

Non si faceva in tempo, con lui, a compiere qualche faticosissimo passo per sentirlo piú vicino, che subito sterzava in qualche odiosa direzione dove era impossibile seguirlo. Come non ne volesse sapere di essere amato.

*Mi raccomando, non fare nulla di testa tua. E se non ti ho detto la verità su quei soldi, pensa solo che avevo le mie buone ragioni. Per una volta, e il Cielo sa che sarebbe l'unica, fai la persona ragionevole.*

Bastava pensare d'averlo preso sottobraccio e di star camminando insieme a lui verso uno stesso luogo e subito scattava nel suo repertorio di finte e di esempi detestabili, di durezze, di castighi. Quasi fosse suo preciso dovere di padre lasciarmi sempre solo a provarla, l'incontenibile amarezza nel cuore, la sconfinata malinconia.

*La banca è la filiale del Credito Svizzero, in piazza della Riforma. Tu entra e chiedi subito del vice-direttore. Mi raccomando, parla solo con lui, con il vice-direttore. All'epoca si chiamava Santoro, ma sarà cambiato senz'altro.*

Dovetti affrontare due individui prima di arrivare al vice-direttore. Uno era rinchiuso in un loculo di cristallo appena oltre l'ingresso, e il massimo che poté fare fu dirottarmi sull'altro, un tale che ricopriva il ruolo di « Funzionario di sala ». Questo mi oppose una certa resistenza, ripetendo d'essere lui ad occuparsi di tutte le operazioni. Per sbarazzarmene fui costretto a servirmi della formula suggerita da mio padre:

*Se fanno delle storie di' solo che vuoi estinguere un conto, vedrai che ti ci fanno parlare subito.*

Finalmente fui spedito ai piani superiori, annunciato da un tam-tam di chiamate telefoniche. L'ultimo ostacolo fu la segretaria personale del vice-direttore, che tentò di scoraggiarmi affermando che il suo capo era impegnato per una mezz'ora.

*Se è occupato e non può riceverti subito tu aspetta, ma non parlare con nessun altro.*

La segretaria continuò a lavorare, battendo a

macchina e rispondendo al telefono in varie lingue, ma di tanto in tanto si fermava a scrutarmi con i suoi occhi tondi e sporgenti come quelli di un polpo.

Dopo tre quarti d'ora il vice-direttore fece la sua comparsa sulla porta dell'ufficio, sorridente. Era molto giovane, con due baffetti da ufficiale sabaudo, e stringendomi la mano dichiarò di chiamarsi Carniti. Gli chiesi notizie del suo collega Santoro, e lui sostenne che adesso lavorava a Zurigo. Mi guardava in un modo strano, euforico, ma non era un atteggiamento che riservava solo a me: in quello stesso modo guardò la segretaria, e anche la maniglia della porta che richiuse alle mie spalle. Mi fece sedere in una poltrona di pelle e mi offrí un cognac guardando in un modo strano il mobiletto di legno pieno di bottiglie.

Quando mi porse il bicchiere mi accorsi che aveva un occhio di vetro.

Lo notai d'improvviso, quasi per caso. Aveva un occhio di vetro, fisso, spalancato, sardonico, anche se subito dopo, quando mi si fu seduto davanti, tornò a essere difficile distinguerlo dall'altro: sgranava quello vero a imitazione di quello finto e cosí facendo riusciva a mascherare la sua mutilazione, ma il suo volto assumeva un'espressione da autentico esaltato che lo rendeva ancor piú sinistro.

*La prima cosa che farà sarà controllare se tu disponi veramente di un conto nella sua banca.*

Come cominciammo a parlare ebbi l'impressione che anche lui avesse letto la lettera di mio padre e l'avesse mandata a memoria. Tutto si svolgeva secondo il rigido schema tracciato da quelle righe.

*Non hai bisogno di nessuna delega, perché il*

*conto è intestato anche a te. Tu sei proprietario di quei soldi. Naturalmente è un conto clandestino, vale a dire che è coperto da una sigla anonima. Basta che tu dica la sigla al vice-direttore e gli lasci il tempo di andare a verificare.*

– Sfasciacarrozze – sorrise il vice-direttore –. Che strana sigla...

*Fu una mia piccola civetteria, quando aprii il conto, chiamarlo col mestiere che faceva mio babbo, con cui lui aveva cominciato ad accumulare quel patrimonio che al momento avevo l'impressione di difendere.*

Il vice-direttore mi chiese un documento ed uscí, pregandomi di servirmi da solo se volevo dell'altro cognac. Senza quel suo sguardo spiritato che la traversava, la stanza mi parve subito piú grande e piú bella. Mi alzai. Il cognac era veramente l'unica cosa che non era stata prevista nella lettera e me ne versai un altro bicchiere, anche se non ne avevo nessuna voglia. Contro la parete osservai una serie di bacheche luccicanti, piene di soldatini di piombo con varie divise, disposti secondo geometriche formazioni. Sopra ogni bacheca c'era un testo che pareva ingrandito fotograficamente da una pagina dattiloscritta.

CARLO IL TEMERARIO
I CONFEDERATI
E LE GUERRE DI BORGOGNA

Dalla disposizione dei soldatini, tuttavia, non si capiva quali fossero i confederati e quali i loro nemici. Il testo narrava le vicende storiche che avevano condotto alle guerre di Borgogna, un complicato intreccio di alleanze di cui gli svizzeri erano rimasti vittima. Il carattere cosí privato di quella piccola esposizione mi spinse a immaginare la segretaria del vice-direttore mentre ricopiava i testi da un libro di storia che lui le aveva dato, e poi si recava in uno studio fotografico per ordinare gli ingrandimenti.

Quando il vice-direttore rientrò nell'ufficio aveva una cartella di plastica tra le mani, ed era piú esaltato che mai.

*Quando avrà controllato di sicuro cercherà di dissuaderti.*

Cominciò un complicato, euforico discorso su tutte le buone ragioni che avrei avuto per non estinguere integralmente il mio conto. Da come appariva convinto, ora che aveva controllato, di parlare con il *proprietario* di quei soldi, si sarebbe detto che mi avesse visto con il suo occhio, undici anni prima, quando facevo la quinta liceo, mentre li affidavo al suo collega Santoro. Il cognac, d'altra parte, bevuto cosí, alle dieci di mattina, a stomaco vuoto e senza voglia, mi faceva uno strano effetto: ogni sua parola cancellava la precedente e veniva cancellata dalla successiva, che parlare era mai questo?

— ... Vincolato a dodici mesi...
— ... una perdita netta...
— ... interessi...

*Ti dirà che ci rimetti qualche milione in interessi...*

— ... oltre diecimila dollari...

*Ma tu non ti fare impressionare...*

— ... assolutamente sconveniente...
— ... magari lasciare in deposito...

*Digli che devi estinguere, interamente, per motivi fiscali.*

Anche quell'argomento funzionò all'istante come una forbice, il vice-direttore smise di insistere e si arrese alla mia volontà. Cominciava a infastidirmi lo scrupolo con cui rispettava gli ordini impartiti da mio padre, che erano *per me* e invece, piano piano, se ne stava appropriando lui.

— Desidera ritirare il denaro in dollari — mi chiese — o in qualche altra divisa?

*Tu digli di volerli tutti in lire. Anche qui, forse, avrà qualcosa da ridire, ma tu non te ne curare.*

— ... data, per cosí dire...
— ... momento poco adatto...
— ... instabilità...

*Digli che li vuoi in lire e basta.*

Infatti, l'uomo non sembrava deluso dinanzi alla vanità delle sue obiezioni. Quando era previsto vi si rassegnava e pareva in quel momento uno che aveva fatto fino in fondo il proprio dovere, come un ciabattino mentre ti consegna un paio di scarpe risuolate.

*Non so di preciso quanto sarà. Considerando gli interessi di questi undici anni dovrebbero essere, grosso modo, 320, 330.000 dollari...*

Su una tastiera l'uomo cominciò ad effettuare dei calcoli e in un terminale comparve una serie di cifre violette.

— ... un totale di trecentotrentacinquemila novecentocinquantacinque dollari...

Con un tasto chiamò sul video i cambi valutari della mattina e finalmente il suo volto mutò espressione: l'occhio finto assunse il freddo grigiore del mondo della materia e quello vero, biecamente, lo seguí.

– ... Millequattrocentotrentotto lire e settantacinque centesimi per dollaro...

*Quattrocento ottantatre milioni centotremila duecentonovanta lire.* Davanti a una cifra cosí mostruosamente esatta il reato che stavo per compiere mi parve, per la prima volta, davvero *enorme*.

*Ora ascoltami bene...*

– ... firmare queste carte...

C'era una magnificenza in quella cifra, considerata in tutta la sua illegalità e nel *diritto* che i creditori di mio padre vantavano ancora di spartirsela, come avevano fatto con tutto, con Riva Dorata e con l'altra casa, con la terra, i cavalli, le automobili, gli orologi a pendolo...

*Quando ti proporrà di portarli oltre il confine con i loro mezzi, tu accetta...*

– ... due giorni di tempo...
– ... il nostro corriere...

*Hanno dei corrieri, non fare gradassate...*

– ... depositare a Como, come abitualmente...

*Mi raccomando...*

– ... Cassa del Lario...
– Oh, no – lo interruppi –. Devo *assolutamente* portarli via io, oggi stesso.

Troppo enorme, quel reato, perché lasciassi che a compierlo fosse un misero corriere, troppo misera allora la mia funzione se si doveva limitare a fir-

mare delle carte ed estinguere un conto senza poi correre il rischio di portarmelo addosso, visto che era mio, attraverso i controlli doganali, nascosto o magari legato su me, come un fratello siamese generato anch'esso da mio padre ma illegalmente, colpevolmente...
 – ... mi permetta di insistere...
 – ... proprio ultimamente...
 – ... controlli piú severi...
 – ... arresto immediato...
Il vice-direttore Carniti ora insisteva davvero, stupito, colmo del suo buonsenso, grondante di quella ragionevolezza con cui gli uomini onesti ti spingono a commettere il male *nel migliore dei modi*, ma nulla poteva contro l'enormità, contro la magnificenza della mia decisione. Appena fuori dal copione stabilito da mio padre, era smarrito. Il cognac, frattanto, era corso in mio aiuto, aveva fatto calare una fitta nebbiolina su tutta la stanza, e la subdola persuasività del suo occhio finto, o di quello vero, dato che ormai li confondevo completamente, era come smorzata, infinitamente piú resistibile...
 – ... mi consenta...
 – ... dove vuole lei...
 – ... mi creda...
Fui brusco, credo, nel chiedere immediatamente tutto il denaro e una valigetta dove raccoglierlo. Nonostante le ostruzioni del vice-direttore (« ... una cifra considerevole... », « in lire italiane... », « ... cosí su due piedi... »), fui accontentato nel giro di dieci minuti. Fui secco, nel frattempo, a firmare le sue carte e a pretendere la sua parola d'onore che di quel conto non sarebbe rimasta piú nessuna traccia. E mi sentii improvvisamente a mio agio, sicuro, come se quello fosse esattamente il genere

di cose che ero nato per fare, *estinguere* e pretendere, interrompere e negare, porre fine.

Chiusi la valigetta senza nemmeno contare il denaro e scappai, ansioso di sottrarmi a quello sguardo da spettro con cui fino all'ultimo mi si tentava di lasciar sbrigare a un altro, professionalmente e senza rischi, un'operazione che invece riguardava me solo. Mi precipitai fuori, nella piazza dove mi avvolsero oscure spirali di villeggianti in camicia a fiori, bambini dalle grida feline, anziani dai soffici capelli bianchi, sereni, riposati, ognuno il replicante degli altri anche nei vestiti, nelle scarpe, nelle montature degli occhiali. Mi sedetti al tavolino di un bar e ordinai un cognac, accerchiato da tutte le banche del mondo.

BANCA DISCOUNT AND TRUST COMPANY
BANCA DELLO STATO
CREDITO SVIZZERO
BANQUE DES DÉPÔTS ET DE GESTION
BANCA ROHNER SA

Un trenino si faceva largo nella calca, avanzando a emicicli con una lentezza esasperante, che pure faceva impazzire di gioia i suoi piccoli passeggeri. Oltre un capannello di curiosi due vecchi giocavano a scacchi, per terra, muovendo i pezzi su un'enorme scacchiera disegnata sull'asfalto e sbiadita come il graffito di un'antica civiltà.

Sedeva accanto a me una ragazza sola, d'una bellezza remota e inavvicinabile: il viso straordinariamente puro e regolare, disegnato da una matita con la punta finissima, lo sguardo astratto dei dipinti di Raffaello, i capelli di un nero rilucente. Un *doberman* legato alla sua sedia si drizzò in piedi all'improvviso, in una posa di feroce vigilanza.

– *Sitz!* – intimò la ragazza.
Il cane si accucciò.
– *Platz!*
Il cane si distese in una mansueta posizione da sfinge.

La mano che la ragazza aveva sciabolato nell'aria tornò a posarsi sul tavolino, vicino a un mucchietto di cartoline illustrate. Tutto ciò che passava per quella mano, ne fui certo, diventava improvvisamente suo e lo rimaneva per sempre.

Raccolsi le forze e mi alzai, la valigetta sottobraccio, senza pagare il conto. I camerieri erano così impegnati a girare alla larga dal dobermann che non se ne accorsero. In una cartoleria comprai un rotolo di scotch da imballaggio, largo, marrone. Mentre la commessa mi faceva il resto rubai una cartolina. Cercai un taxi sul lungolago ma trovai prima la fermata dell'autobus che portava direttamente alla stazione. L'autobus arrivò quasi subito e non era nemmeno un autobus, era un filobus. Saltai su senza fare il biglietto.

Sullo sportello, sui finestrini, vicino ai sedili, dappertutto, era attaccato un adesivo col profilo di un'ombra nera, il cappello in testa e la testa infossata nelle spalle.

## ESSERE UN PASSEGGERO CLANDESTINO
## NON È UN VANTO!

I gabinetti della stazione erano sottoterra, in fondo a una scala stretta e lurida. Per entrare bisognava infilare venti centesimi di franco svizzero in una fessura, altrimenti la porta non si apriva.

Mi tolsi i vestiti, aprii la valigetta e rimasi un po' di tempo così, in mutande, a fissare il denaro raggruppato in bell'ordine. Erano mazzette di banconote da centomila lire, nuove, immacolate, con cui nessuna mano aveva ancora scambiato una sola cellula. Il volto di Caravaggio occhieggiava su di esse, lo sguardo dannato dal rimorso per quell'omicidio che aveva commesso non si sa bene perché.

Cominciai ad attaccarmele addosso, sui polpacci, sulle cosce, sui fianchi, sul petto, fasciandomi in un'estenuante spirale di nastro da imballaggio. Quarantotto mazzette. Poi mi rivestii e mi osservai attentamente nello specchio: la mia pelle non respirava piú ma dall'esterno, oltre ai pantaloni, la camicia e la giacca, nessuno avrebbe potuto dire che avevo addosso qualcos'altro. Sembravo solo piú robusto. Nella valigetta ficcai lo scotch avanzato, il giornale, la lettera di mio padre, e riemersi in superficie. La nebbiolina del cognac s'era ormai diradata e tornava a essere difficile sostenere lo sguardo inquisitore degli estranei. Mi parve che avessero tutti un occhio piú o meno di vetro.

Seduto al bar, sotto un porticato sostenuto da finte colonne greche, scrissi al curatore la cartolina che avevo rubato: « Un saluto a lei e famiglia ». Al posto della firma di mio padre misi le sue iniziali e la indirizzai al bagno « La Pace ».

Mancava quasi un'ora all'arrivo del mio treno, e provai la tentazione di ubriacarmi per davvero. Per passare il tempo, e perché quella nebbia tornasse ad avvolgermi, a proteggermi, e anche per placare una certa rabbia, o paura, o rimorso, che ferocemente mi stava divorando. Ma non lo feci, bevvi solo aranciata: per una volta, decisi, tanto valeva andare fino in fondo a un'azione, anche assurda, anche scellerata, andare lucidamente incontro alle sue conseguenze e non perdermi per strada neanche un grammo di responsabilità.

Non seppi resistere, però, alla tentazione di leggere il futuro sulle targhe delle macchine, e cominciai ad appuntare su un foglietto i numeri di tutte quelle che riuscivo a vedere. Si trattava di sommare tra di loro le cifre di ogni targa, il risultato sommarlo a quello della successiva e cosí via, fino all'arrivo del treno. Se il risultato finale fosse stato un numero pari, alla frontiera non si sarebbero accorti di nulla e l'avrei passata liscia. Se invece fosse stato dispari mi avrebbero scoperto, arrestato e trascinato in un comando della Guardia di Finanza. Lí mi avrebbero interrogato, io non avrei detto nulla ma loro sarebbero ugualmente risaliti a mio padre, o piú probabilmente sarebbe accorso lui stesso, appresa la notizia dai giornali, a costituirsi nel tentativo di scagionarmi, col risultato, invece, di farsi arrestare a sua volta. Ci avrebbero tenuti in celle separate e non lo avrei piú rivisto fino al giorno del processo, molto tempo dopo. La notizia, frattanto, avrebbe fatto il giro delle spiagge, sovrastata dai moniti della Casa Bianca, le minacce di Gheddafi, le stime sui morti per l'esodo di ferragosto. I piú l'avrebbero notata a malapena ma almeno Newman, Rita, il curatore, l'avrebbero letta con un certo struggimento. E forse, sí, era possibile, avrebbe raggiunto anche gli occhi celesti di mia madre, dovunque si trovasse, che avrebbe vinto l'orgoglio e la vergogna e sarebbe venuta a trovarci in carcere. Cosí, dopo tanto tempo, io e il babbo l'avremmo rivista.

Immerso nei miei calcoli sudavo, ma il sudore non raggiungeva i vestiti, veniva assorbito dalla corazza di banconote che sentivo già fradicie e mi rendevano goffo. Intensamente, percepivo che si scambiavano cellule con la mia pelle, stampigliandovi sopra la faccia inquieta di Caravaggio, trasmettendole frammenti anche di quel suo delitto.

*Ottocentosessantotto* è un numero pari. È pari ognuna delle sue cifre, è pari la loro somma, è pari ognuna delle cifre della loro somma ed è pari anche la somma delle cifre della somma. È un numero cosí inequivocabilmente pari che non solo alla frontiera non fui scoperto, ma non mi fu rivolta nemmeno una domanda. Nulla, non accadde nulla. Anche passando il confine calzato in quel ridicolo scafandro non mi accadde nulla. Il fatto, poi, d'averlo saputo in anticipo mi aveva privato anche della sorpresa, dell'emozione e, chissà, della gioia di accorgermi che la stavo facendo franca. Nulla, fu deludente e noioso anche quello, un altro momento impossibile a godersi, scontato, insignificante, quasi amaro.

Scesi alla stazione di Milano madido di sudore e di nuovo perduto in quella vergogna che avevo sempre conosciuto dopo avere *agito*. Camminavo sul marciapiede, evitavo persone e cartelli, avevo quattrocentottanta milioni attaccati addosso con del nastro da imballaggio marroncino: quella era la vera conseguenza delle mie azioni, insensata, mortificante. Di lí a poco avrei dovuto denudarmi per staccarmeli di dosso, dentro un gabinetto pubblico o in una bigia camera d'albergo.

Un accattone mi si parò davanti e mi chiese

cinquecento lire. Mi frugai in tasca, dove tintinnavano delle monete, ma non erano lire, erano franchi svizzeri. C'era anche la cartolina per il curatore, mi ero dimenticato di spedirla. Nel portafogli non trovai nemmeno una banconota da mille, da cinquemila o da diecimila lire da dare a quell'individuo. Gli porsi una moneta da cinque franchi.

– Che roba è? – disse quello.

Aveva una faccia tonda da intercettatore telefonico caduto in disgrazia.

– Valgono quasi cinquemila lire. Qualcuno gliele cambierà.

– Sí, buonanotte...

Prese comunque la moneta e passò oltre, borbottando tra sé. Avrei potuto anche strapparmi dal petto un foglio da centomila lire oppure regalargli la banconota da cinquanta che mi era rimasta nel portafogli, ma non lo feci, mi parve un gesto da sbruffone. Ripresi a camminare e mi addentrai nel torrido bestiario della galleria.

Dentro la valigetta, camminando, sentivo i tonfi sordi del rotolo di scotch: che dondolassi anch'io le braccia, come mio padre, in quel modo buffo ed esagerato? D'un tratto ebbi il sospetto che tutte le debolezze, i difetti e gli atteggiamenti che continuamente notavo negli altri, e mi ci accanivo, potevano essere anche su di me. Che li avessi assorbiti o addirittura, nel caso di mio padre, *ereditati* senza nemmeno accorgermene?

Cercai di guardarmi nel riflesso di una porta di vetro, ma una ridda di altre immagini sovrapposte rendeva opaca la mia, appena percettibile. Il tutto mi ricordò i vaghi movimenti delle molecole negli ingrandimenti dei microscopi elettronici.

AMMIRATE QUI I PIÚ FAMOSI
PERSONAGGI DELLA STORIA E DELLA CRONACA
DI TUTTI I TEMPI AMBIENTATI
IN MERAVIGLIOSE SCENOGRAFIE

M'inabissai per la scaletta come sospinto da una raffica, senza avere realmente deciso di farlo. Quando toccai il fondo mi trovai davanti alla biglietteria del museo, in un vano angusto e soffocato da moquette spelacchiata. Un disperato motivetto inglese si dimenava nell'aria.

– « Voglio essere un martello demolitore... ».

Un inserviente dalla faccia stretta come una foglia mi fece il biglietto, cambiandomi di malavoglia la banconota da cinquanta.

– La valigetta deve lasciarla fuori.

Un altro inserviente, molto piú compassato, se ne stava ritto e immobile nell'angolo, lo sguardo gettato nel nulla. Provai un'istintiva fiducia per lui ma quando gli andai accanto per lasciargli la valigetta mi accorsi che era di cera. L'altro scoppiò a ridere, uno spettacolo immondo di capsule malferme e otturazioni allo sfascio.

– Ci cascano tutti...

Entrai nel museo. Dopo avere attraversato una tenda nera seguí un tratto di buio pesto, dove inciampai, brancolando, in un mezzo gradino invisibile. Poi, d'improvviso, esplose l'infilata di teche illuminate piene di *personaggi della storia*. Il primo che mi trovai davanti fu Ronald Reagan, venuto cosí male che non sembrava nemmeno vecchio. Nella teca accanto Christian Barnard reggeva un bisturi in mano, col camice bianco e la lampadina attorno alla fronte. Piú avanti Papa Woytila benediceva le folle. Muzio Scevola si bruciava una mano sul braciere.

Leonardo fissava perplesso un cavalletto con la fotografia della Gioconda.

Paolo Sesto. Padre Pio. Dante Alighieri con il poeta Virgilio. Maria Antonietta sul patibolo. Paolo Marat mentre viene assassinato. Carlo Porta e Alessandro Manzoni. Napoleone Bonaparte mentre Mosca va a fuoco.

LANDRU
*Simbolo della piú perversa criminalità distrugge cinicamente una delle sue tante vittime.*

(Il criminale era stato sorpreso dallo scultore davanti a un fornello con una scarpetta da donna in mano, come titubante se distruggere cinicamente anche quella o invece, pietosamente, conservarla).

*La fine di*
ADOLF HITLER
*Con* EVA BRAUN, *nel bunker del palazzo della Cancelleria di Berlino occupata dai russi (aprile 1945).*

(Hitler, con una pistola in pugno, era riverso sul tavolo. Una chiazza di sangue si allargava sopra una carta geografica, in corrispondenza dell'Europa. Eva Braun si faceva fatica a vederla, sdraiata per terra con la testa infilata sotto una sedia).

Ero il solo visitatore, e faceva un caldo insopportabile. Una mazzetta di banconote mi si piantava nel fianco, dolorosamente, e mi fermai davanti a Dracula il vampiro per cercare di sistemarla. Sistemata quella subito un'altra prese a tormentarmi. I Presidenti della Repubblica Italiana erano raggruppati in una grande teca centrale, tutti in piedi tranne Gronchi, sofferente, seduto su una seggiola.

La didascalia che li presentava, mi accorsi, confondeva Cossiga con Pertini e Saragat con Leone.

FAUSTO COPPI
*Leggendario eroe dello sport italiano
Campione del Mondo a Lugano nel 1953.*

A *Lugano*. Mi sentivo sempre peggio, avevo la nausea, ma per quanto profondamente cercassi di respirare pareva che in quel posto, col fatto che era popolato da uomini finti, si fossero dimenticati di mettere l'aria.

J.F. Kennedy con il fratello Bob e tutta la sua sorridente famiglia. Lenin, Kruscev e Mao che parlavano. Churchill, Roosevelt e Stalin a Yalta. De Gaulle. Cavour. Mazzini, Albert Schweitzer tra i lebbrosi. Sofia Loren, Totò, Celentano, Mike Bongiorno e il maestro Giovanni D'Anzi (chi era costui?) in uno studio televisivo.

*L'attore cinematografico*
GARY COOPER
*in un film western*

(Dal momento che stava soffiando sulla canna di una rivoltella, aveva certo sparato lui al disgraziato che giaceva per terra, con un asso di picche che gli spuntava dalla manica. Il pavimento del saloon era lordo del suo sangue, una chiazza enorme, purpurea: doveva esser stato preso in pieno nella giugulare. Gary Cooper fissava davanti a sé con aria minacciosa, priva del benché minimo rimorso per il bagno di sangue appena provocato).

Uscii di corsa da quella catacomba appena le gambe me lo permisero. Nessuno mi aveva visto vomitare su Gary Cooper. Traversai il vestibolo e infilai la scaletta senza nemmeno guardare il bigliettaio.

— Ehi! — mi gridò dietro —. La sua valigetta!
— Gliela regalo.
— Ma neanche per sogno! Se la riprenda, per cortesia.

Tornai indietro e presi la valigetta attraverso lo sportello del bugigattolo. L'altro continuava la sua muta odissea nell'angolo, stupendamente ininfluente, lo sguardo monocorde nel vuoto come una dolente litania: « Sono un uomo di cera sono un uomo di cera sono un uomo di cera... ».

Tanto meglio. Dopotutto nella valigetta c'era la lettera in cui mio padre mi istigava dettagliatamente a delinquere.

Di nuovo nella galleria mi guardai intorno in cerca di uno specchio, ma vidi subito l'accattone dei cinque franchi che incassava un'altra elemosina da una donna. Feci per andargli incontro, perché ora avevo scambiato le cinquantamila lire e potevo dargli quanto gli spettava, ma lui scartò di lato senza notarmi e scivolò dentro a un portone di vetro. Lo vidi mentre si sistemava in una piccola coda davanti a uno sportello, attraverso il vetro su cui era stampata una scritta dorata, in quattro lingue.

CAMBIO
BUREAU DE CHANGE
CHANGE
WECHSEL

Scesi di corsa lo scalone e uscii all'aperto, sulla strada. L'afa era ancora pesante, il cielo incombeva, chiaro, velato, e uno faceva fatica anche a immaginare una nuvola. Però respirai, respirai, respirai ancora: potevano dire ciò che volevano dello smog, dell'aria inquinata e dell'ossido di carbonio, ma mi sentii subito meglio e ritrovai la forza di tornare alla pensione.

Assieme alle forze mi tornò anche un briciolo di curiosità, buono almeno a farmi nuovamente pensare. I soldi ora erano addosso a me, soffocanti e appiccicosi: cosa aveva intenzione di farne, il babbo? Quali ulteriori *ambizioni* poteva ancora sfoderare, basate su cosa? E se stavolta mi avesse implorato, se mi avesse supplicato di non lasciarlo morire senza avere tramandato nulla, sarei stato veramente capace di negarmi ancora? C'erano tanti modi di rovinare anche il mezzo miliardo che era rimasto, e *completare* la sua opera. Ricominciare con l'acciaieria, magari intestata a mio nome. Disperate speculazioni in Borsa. Oppure un maneggio in campagna, lui a governare i cavalli e io a guidare le coppiette in suggestive passeggiate nei boschi. Se per lui fosse stato indispensabile, come avrei potuto ostinarmi a non farlo? Cosa mi costava, in fondo, dargli una mano a finire di rovinare il suo patrimonio? Tanto, riguardo all'innocenza aveva ragione lui, era persa, e tutto quello che avevo strozzato dentro, i sentimenti, le parole, i ricordi, ormai ci sarebbe rimasto per sempre, qualunque cosa facessi o non facessi, anche continuando a rinunciare e a vomitare sugli altri fino alla fine dei miei giorni. Tanto la *fine*, quella vera, quella liberazione da tutti i mali che andava ben al di là di ogni singola morte o rovina, quel miraggio di non lasciarsi dietro nulla e d'interrompere, esaurire, *estinguere* soltanto, era una faccenda troppo piú grande di me. Ormai riguardava tutta la mia razza. Vi potevo svolgere soltanto la mia piccola parte, anche smettendo di accanirmi contro i miei doveri di figlio, semplicemente evitando di diventare mai, io, padre.

Il babbo era seduto davanti al bovindo, sullo stesso divanetto dove il giorno prima sedeva quell'arabo. Quando mi vide sorrise e io notai che il suo labbro superiore aveva già cominciato a piegarsi all'ingiú per tentare di coprire il buco nero. Cosí facendo, tuttavia, finiva per indicarlo come una freccia di segnalazione.
– Tutto bene?
– Tutto bene.
Mi squadrò.
– Non si direbbe. Devi essere molto stanco.
– Sto benissimo.
Abbassò la voce per non farsi sentire da Ustinov che leggeva il giornale appoggiato al bancone.
– Hai fatto?
– Sí.
– Come ti ho detto?
– Sí.
Lanciò un'occhiata alla valigetta poggiata in terra tra le mie gambe.
– Non dirmi che sono lí dentro...
– No, non sono lí.
– Se ne occupano loro? Dove ce li fanno trovare?
Non riuscivo a credere che anche lui non si accorgesse di nulla. Avevo mezzo miliardo attaccato addosso, bastava abbracciarmi per sentirlo e io ero

lí, davanti a lui, ero suo figlio, cosa gli costava abbracciarmi? Cosa aspettava?

– Dove ce li lasciano? – ripeté.

– In una banca di Como.

Eppure continuava a squadrarmi, e per un istante ebbi l'impressione che avesse visto i soldi attraverso la camicia e mi stesse prendendo in giro.

– Che banca?

Era impressionante, d'altra parte, come quel buco che aveva tra i denti ne avesse fatto d'un colpo un uomo qualsiasi, nient'affatto temibile, che poteva essere ingannato facilmente.

– Ehi, sveglia... Quale banca di Como?

– Cassa del Lario.

– Hai l'indirizzo, tutto?

– Via Garibaldi diciotto – m'inventai –. Bisogna chiedere di un certo dottor Carniti.

– Quando?

– Dopodomani.

– Non male – commentò, ed era il massimo complimento che uno si poteva aspettare da lui. Rifletté, sorrise di nuovo, ancora abbassando il labbro nella sua nuova smorfia, e aveva un'aria compiaciuta per come il suo piano era stato eseguito a puntino. Stava diventando difficile dirgli la verità.

– Ho noleggiato una macchina – disse –. Possiamo farci un giro da qualche parte...

Mi venne da ridere, come il giorno prima con la ragazzina, come sempre quando mi ritrovavo a ingannare qualcuno e constatavo che la gente diventa subito ingenua se ha bisogno di diventarlo.

– Ti va?

Si mise a ridere anche lui e il suo riso, in quel momento, suonava come un'autentica liberazione, un sollievo. Tutto era a posto, suo figlio era una persona responsabile, ci si poteva divertire. Ecco,

pensai, perché non ero capace anch'io di essere
cosí ingenuo? Era una forza anche quella, un altro
sistema per riuscire a sopportare, a dimenticare, a
perdonare. Perché io non riuscivo mai a godermi
una sola soddisfazione, anche fasulla, anche inventata?

– Vai a riposare – continuò –. Fatti una bella
doccia, e poi partiamo.

– Sto bene cosí. Che macchina hai noleggiato?

– Un'Alfa Romeo, ero stufo di viaggiare sui
treni.

– Ma non ti è mai piaciuta, l'Alfa Romeo... Dicevi che ha un rumore volgare...

– C'era solo quella.

– Che tipo di Alfa Romeo?

– Una Giulietta.

– Gesú...

Ora almeno avevo una scusa per ridere. Una
Giulietta. Quante volte lo avevo sentito disprezzare
quella macchina, e quante storie di suoi amici che
l'avevano comprata e rivenduta dopo un mese...

– Bene – dissi –. Andiamo pure.

– Ma non c'è nessuna fretta. Vai a dormire,
un po'...

– Sto benissimo cosí, non ho sonno. E mi piace
viaggiare in macchina.

Volevo studiarla, quella sua ingenuità, subito,
per vedere se mi sarebbe riuscito impararla. Volevo
vederlo all'opera in ciò che aveva in mente, qualunque cosa, purché si svolgesse come lui aveva
progettato. Volevo vederlo guidare, scalare le marce, scegliere una direzione invece di un'altra e scoprirne la ragione, e imparare. E i soldi volevo dimenticare di averli addosso, far finta che non ci
fossero come credevano gli altri.

– Vado a prendere la valigia e partiamo – dissi.

La Giulietta era rossa, coi cerchioni bucherellati, targata Milano. All'interno c'era uno strano odore di legna. Non avevo mai noleggiato una macchina e anche quello volevo imparare, avere relazioni piú semplici con gli oggetti, con le macchine a nolo e con i taxi, con le camere d'albergo e con i dischi negli scaffali. Usarli, semplicemente, ingenuamente, come faceva lui. Ma era impossibile, per me, usarli solamente, io sapevo che a ognuno di essi era affidato il compito di costruire, pezzo per pezzo, la mia vita. Non potevo scordarlo a comando. Lui guidava per le strade tormentate dai binari dei tram, e non pareva mai indeciso su quale strada scegliere. Quando era indeciso si fermava e domandava a qualcuno, poi ripartiva e a quell'individuo non pensava piú. Non erano cose, quelle, che si potessero imparare.
– Dove vuoi andare? – chiese.
– Non so, decidi tu...
– Ci sarà un posto dove vuoi andare...
– A Nord.
Sorrise, scuotendo un poco la testa. Poi si toccò la bocca, proprio nel punto in cui gli mancava il dente.
– Mi dà un fastidio, questo buco...
Misi la mano in tasca, tentato di mostrargli come quel dente che lui aveva buttato nel cestino io l'avessi ripescato e conservato. Ma non sarebbe servito a nulla, e anche conservarlo, mi accorsi, non serviva. Cavai la cartolina che avevo scritto al curatore, invece, e gli mostrai quella.
– Mi ero ricordato di scriverla, e poi ho scordato di spedirla...
– Meglio cosí. Se quello ci ripensa è capace di ricominciare a starmi addosso. Hai visto che faccia ha fatto quando ha sentito parlare di Svizzera...

– Ma se ti ha chiesto scusa...
– Non importa, io lo conosco. È un mastino, è nato per fare quel mestiere...

Riprese a sorridere, mansueto, conciliante e *vicino* come non lo era mai stato. Perché continuavo a ingannarlo? Cosa mi importava di osservare, osservare ancora, fuori dal finestrino, le altre macchine, la gente, i camion, i grattacieli, le centrali del latte, le stalle del lampadario, mentre un momento come quello si consumava e svaniva? Dopo, di certo, non sarebbe piú ritornato.

– Quanti sono i soldi, esattamente?
– Quattrocentottanta milioni e rotti.

Perché non me li strappavo dal petto e non mi mettevo a gridare in modo da contagiare anche lui, cosí, senza ragione, senza pensare ad altro, tutti e due a ridere e a urlare come matti?

– Cosa hai intenzione di farci?

Perché, invece, gli feci quella domanda? E perché il mio tono diventò cosí improvvisamente gelido e provocatorio, quasi minaccioso?

– Beh – rispose –. Ora, cosí su due piedi...
– Ce l'avrai pure un'idea su come investirli...

Continuava a guidare e a sorridere, adesso eravamo su una grande superstrada con sei, otto corsie di marcia, grandi svincoli a quadrifoglio e immensi cartelloni pubblicitari come in America. Il sole martellava ancora, implacabile, e le dita del babbo armeggiavano con i pulsanti del condizionatore d'aria, che era rotto.

– Bisogna che ti dica una cosa – riprese –. Anche se non è molto facile... Io non avevo una vera e propria... Lo so che è stupido ma io non ho nessuna... Idea... Su cosa fare di quei soldi...

Era imbarazzato, e immenso, finalmente, di de-

bolezza, di amarezza, era confuso, si mangiava le parole. Cos'altro mancava?
— E allora perché li hai voluti riprendere, cosí in fretta e furia?
— Cosí, per vedere...
— *Per vedere*? Cosa significa *per vedere*?
— Pensavo... Beh, mica proprio *tutte* le azioni devono avere uno scopo preciso, prestabilito... A volte si fanno cosí, per farle...
— Vuoi dire che hai voluto riprendere quei soldi *cosí*, tanto per fare? Per *ripicca*?
Mi stupiva, ora, la timidezza volgare e vendicativa che mi impediva di far festa insieme a lui per quella sua finale sterzata nel mio mondo, dove era cosí normale, e bello, e giusto che un uomo fallito andasse a riprendersi mezzo miliardo in Svizzera senza una vera ragione, per ripicca o per stare a vedere cosa sarebbe successo dopo.
— Vuoi dire che hai inventato tutta quella storia dei soldi nelle mutande per attirarmi fin qui, e non avevi nemmeno una ragione?
— Senti — si rabbuiò —, è inutile che ti scandalizzi tanto, proprio tu... Lo so da solo che è stupido, ma io di quei soldi non so che farmene. Sono stanco, non ho nessuna voglia di ricominciare nulla. Per come mi sento io, potevano anche rimanere dov'erano...
Ecco, il momento era passato. Io l'avevo fatto rabbuiare, io avevo voluto che il momento passasse senza che cambiasse nulla. Mio padre era tornato l'uomo duro e distante di sempre, l'avversario, la causa prima di tutto ciò che avevo patito, patito, patito nella mia vita.
— Guarda che tu *non puoi* fare cosí — udii me stesso dire —. Dopo una vita passata a criticare ogni mia esitazione, ogni indecisione, tu non puoi ve-

nirmi a dire adesso che non hai piú volontà, né ambizioni. Sono io che non ne ho, e non ne ho mai avute per colpa tua, sono io che non so cosa farmene del denaro, e lo disprezzo. Non puoi portarmi via anche questo, adesso. Tu il denaro l'hai sempre guadagnato, speso, maneggiato, esportato, tu l'hai amato... Ora tu *devi* avere un progetto su quei soldi. Io sono andato in Svizzera a riprenderli e adesso tu hai il dovere di dirmi perché. È troppo comodo, adesso, fare marcia indietro...

Ero davvero io che parlavo? Come riuscivo a commettere un simile abominio, e dire io a lui cosa doveva fare perché continuassimo a rimanere lontani ed ostili?

– Ma da dove ti viene – ribatté a denti stretti –, tutta questa cattiveria? Cos'hai che ti fa sempre distruggere tutto, rovinare tutto, sempre? Sono tuo padre, Cristo Santo! Cos'è quest'odio che hai per me? Perché?

Fosse stato nella camera da pranzo della nostra casa avrebbe tirato un pugno sul tavolo, magari sfondandolo. Ma eravamo su una macchina a nolo, e allora scalò di colpo una marcia e sorpassò, rombando, una motocicletta.

– Ce l'avevo, accidenti a te – ringhiò –. Ce l'avevo un *progetto* su quei soldi. Volevo darli a te, regalarteli! Non mi ci hai fatto nemmeno arrivare!

L'aveva detto, finalmente. Ma non era certo una supplica, ormai, non mi stava certo implorando. La sua voce era rabbiosa e sprezzante, ed ero io che lo avevo voluto.

– Non li avrei accettati.
– Già! Sono soldi, sono sporcizia! E poi sono soldi che io devo ad altri, tu sei troppo puro, troppo

*innocente* per insudiciartici le mani! Non è vero? Non è cosí?
— Sí. È cosí.
Non potevo essere io a parlare, non poteva essere mia la bocca che pronunciava quelle parole. Cosa m'importava dei suoi creditori, maledetti banchieri e strozzini che l'avevano perseguitato? Ma, d'altronde, *ero* io, la bocca *era* mia.
— Quanta cattiveria, Cristo!
In mezzo alla strada c'era una cassetta di legno, vuota, di quelle per la frutta. Mio padre non la evitò come facevano le altre macchine, la prese in pieno e la sfasciò con le ruote. Sotto di noi si sentí un colpo secco, violento, che mi fece sobbalzare.
— Ma posso mettermi anch'io alla finestra a guardare, cosa credi? Posso mettermi anch'io lí a non far niente e a pensare con tutto comodo a quanto sono stupidi gli altri, corrotti, sporchi, impuri! Sono stufo, ormai, e con quello che ho passato ne ho anche il diritto. Io mi preoccupavo soltanto per te, per il tuo avvenire, ma se vuoi davvero rimanere un morto di fame non ci posso fare nulla... Ne ho abbastanza di giustificarti, comprenderti, e inventare alla gente che sei un artista solo perché ci si vergogna a dire come sei veramente. Io sarò anche fallito, ma tu sei *un* fallito...
Anche la sua voce s'era fatta cattiva, anche da lui cominciava a schizzare fuori una cattiveria che mi sorprendeva. Era la mia capacità di tirar fuori sempre il peggio da ognuno.
— Voglio togliermela anch'io la soddisfazione di lasciare che siano gli altri a preoccuparsi per me! E se sarò ancora vivo quando lo distruggeranno, il mondo, voglio restare anch'io fermo a guardare la catastrofe, pensando soltanto che l'idiozia degli altri sta stroncando la mia povera vita innocente! È la

cosa piú facile del mondo, basta lasciarsi morire, e lasciar morire tutti quelli che da me si aspetteranno qualcosa, senza muovere un dito...

Sterzò di colpo verso una stazione di servizio, frenando rumorosamente sull'asfalto. Credetti che volesse fare benzina e invece scese, girò attorno alla macchina e aprí il mio sportello.

– Vieni – disse –. Ho deciso cosa farò di quei soldi.

Lo seguii dentro l'emporio, dove pochi automobilisti solitari mangiavano tramezzini rancidi. Una cassiera enorme era seduta sotto uno scaffale pieno di pacchetti di sigarette, i suoi occhi erano ciò che di piú spento ci si potesse immaginare. Forse era stanchezza, forse era noia, forse delusione. Ma, del resto, che m'importava di lei?

– Un francobollo – ordinò mio padre –. Per cartolina.

La donna aprí il suo album di francobolli e ne staccò uno con tre strappi netti.

– C'è una cassetta per imbucare?

Col mento la donna indicò fuori dalla porta, senza dire una parola. Forse era stanchezza. Uscimmo di nuovo e nel cielo galleggiava adesso il dirigibile della Goodyear. Avanzava, leggero e silenzioso come una mongolfiera. Guardandolo respirai profondamente nell'aria l'odore della benzina, che mi piaceva.

– Dammi quella cartolina – disse il babbo.

Gliela porsi e lui la esaminò. Non era una fotografia del paesaggio, era un disegno ad acquarello con un grande cuore rosa e la scritta in stampatello « I LOVE LUGANO ».

– Schifo di cartolina – commentò.
– L'ho rubata...
– Bravo. Dammi una biro.

Gli detti anche la penna. Lui si infilò gli occhiali e per un istante lo vidi vagare con gli occhi in cerca di un sostegno, ma non lo trovò e si rassegnò a scrivere contro il muro.

– Come si chiama la banca?

Il dirigibile si stava avvicinando, pareva volesse passare proprio sopra di noi. Sul grande display attaccato alla navicella s'inseguivano le scritte rosse: « MAR. 5 AGO. 1986... H 17.44... TEMP. 31.7°... SIATE FELICI... ». *Siate felici*, un ordine. Ero ancora in tempo a sbottonarmi la camicia e dire « Babbo, stavo scherzando »?

– Come si chiama quella banca di Como! – ripeté, con rabbia.

– Cassa del Lario.

– Indirizzo?

Non ricordavo nemmeno l'indirizzo che avevo inventato, ma che differenza faceva?

– Via Cavour. Centoventi.

Il babbo scrisse tutto sulla cartolina, in stampatello, sotto al mio saluto e al suo monogramma che io avevo falsificato. Un braccio, nel piazzale, spuntò dal finestrino di una macchina e rovesciò un portacenere pieno di mozziconi: caddero assieme alla cenere come coriandoli.

– Ecco fatto – disse mio padre –. Ora sono pulito anch'io.

Di scatto, senza esitare, imbucò la cartolina.

– Capirà? – domandai.

– Vedrai come si fionda.

Tornò alla macchina ed entrò, sbattendo lo sportello. Io rimasi lí inchiodato ancora un poco, a fissare la cassetta rossa dove avevo lasciato che scivolasse la cartolina. Allo stesso modo, sei anni prima, avevo lasciato scivolare Rita in quella clinica, senza dirle nulla, neanche allora, senza supplicarla di non farlo. Al contrario, ce l'avevo accompagnata io, e l'avevo anche rincuorata. La domanda che mi ero fatto allora era la stessa che mi stavo facendo adesso, la domanda senza risposta di Bezuchov in *Guerra e Pace*: « Perché io so quello che è bene e continuo a fare male? ».

Rientrai in macchina stordito. Mio padre mi aspettava col motore acceso e un'espressione pacata, soddisfatta, da gentiluomo. Le palpebre a mezz'asta, la fossetta sul mento, le labbra serrate a nascondere il buco tra i denti.

— Babbo... — mormorai.
— Sta' zitto.

Ripartí a razzo, facendo il pelo a due camion fermi in mezzo al piazzale. Uno degli autisti gli gridò dietro una bestemmia.

— Babbo...
— Non dire nulla. Sdraiati e dormi.

C'era una strana quiete, ora. Il dirigibile, lassú, virò e scomparve oltre il tettino della macchina. Un cartello azzurro che superammo segnalava « CHIASSO 24 KM ».

— Dove andiamo? — domandai.
— Da nessuna parte. Dormi.

Reclinai la spalliera per distendermi, e nel movimento sentii il rumore delle banconote che frusciavano sotto i miei vestiti. Poi chiusi gli occhi.

— Andiamo in Svizzera?
— T'ho detto dormi.
— Ma perché devo dormire per forza, ora?
— Perché hai sonno. E sei bianco come un cadavere.

Bianco. Quanta ammirazione, adesso, per quell'inserviente di cera sbattuto nell'angolo di un vestibolo, muto, immobile, inoffensivo, e per il suo sguardo saggio, la sua faccia candida, la sua eterna incapacità di pronunciare parole sbagliate... E se qualcuno lo avesse preso, fasciato di banconote e ficcato dentro una macchina a trentadue gradi di temperatura, con quanta grazia si sarebbe liquefatto...

Sentivo rollare la strada sotto di me, e nelle orecchie avevo il rombo inconfondibile, volgare, di tutte le Alfa Romeo. *Siate felici*. Cercai di proiettarmi fuori dall'abitacolo, per assistere a tutta la scena nelle mie vesti preferite, di spettatore. Una Giulietta presa a nolo che sfrecciava verso la Svizzera, inghiottita dal grande esodo di ferragosto. Un padre che guidava, dopo aver gettato via un dente e mezzo miliardo. Un figlio disteso accanto a lui, con addosso sia il dente sia il mezzo miliardo. La scena riuscivo a immaginarla, ma da un punto di vista lontano, altissimo, perduto nel cielo. Come essere aggrappati a quel dirigibile che andava a morire. Ed ecco che, di nuovo, per dare piú forza a una scena vera finivo per trasformarla in una finta e pensavo a un film. Di quelli tristi. In bianco e nero. Con una musica lirica di sottofondo, un'opera cantata da una donna sconosciuta e bellissima.

# ANNOTAZIONI

# ANNOTAZIONI

ANNOTAZIONI

ANNOTAZIONI